花は桜よりも華のごとく

第六幕・桜《おう》花《か》嵐《らん》漫《まん》

河合ゆうみ

17299

角川ビーンズ文庫

目次

花は桜よりも華のごとく
第六幕・桜花嵐漫

登場人物紹介

白火《はくび》 天才的な能の才を持つ美少女。女人禁制の能舞台に立つ。

蒼馬《そうま》 京随一の一座『柚木座《ゆきざ》』の次期太夫。若手最高の実力者。

氷見《ひみ》 才色兼備な美少年帝。土蜘蛛の一件から白火に興味を持つ。

帯刀《たてわき》 「剣《つるぎ》の皇子《みこ》」と呼ばれるほどの剣の腕を持つ、美貌の皇子。

井澄《いすみ》 伝統を重んじる名門、永観座《えいかんざ》の太夫。能の世界での権力者。

静凪《しずなぎ》 永観座の舞い人で、井澄の乳兄弟。常に井澄の側にいる。

イラスト／サカノ景子

序章

「愛だの恋《こい》だの、くだらない」

美しい精霊《せいれい》が桜の枝にだらりと寝《ね》そべり、ひどく怠惰《たいだ》に下界を眺《なが》め下ろす。金色の髪《かみ》が、薄《うす》紅色《べにいろ》の風に吹《ふ》かれて、さらさらさらり。

清楚《せいそ》で艶《なま》めかしい。儚《はかな》げで、毒々しい。

相反するものを矛盾《むじゅん》なく抱《かか》えた、美しい妖《あやかし》。

精霊は思う。

人間たちが、真実の心として追い求めるもの。そんなものが真実だというのなら、いっそのこと見せてもらおうじゃないか——その、真実と崇《あが》めるものの、無惨《むざん》に引き裂《さ》かれて哀《あわ》れな有様を。

桜の枝からふわりと、薄紅《うすべに》とも白ともつかない淡《あわ》い染めの袖《そで》を垂らす。絹は透《す》ける花びらと同じ織りだ。

退屈《たいくつ》と孤独《こどく》に倦《う》んでしまった視線の先には、一対《いっつい》の恋人《こいびと》たち。

——幸せ？　永遠の誓《ちか》い？

永遠の時間を生きることなくほんの数十年の短い齢《よわい》しか持たないくせに、永遠などという呪《のろ》いの言葉を口にするのも腹立たしい。永遠の意味など、知らぬくせに。

愛だの恋だの、くだらない。

精霊は、その恋人たちを思うさま翻弄《ほんろう》して引き離《はな》してやることに決めた。悪趣味《あくしゅみ》な遊戯《ゆうぎ》だとは思ったが、幸せそうな恋人たちがひどく癇《かん》に障《さわ》った。

気にかかっている時点で、すでに惹《ひ》かれているのだと。

そのことに、精霊は気づかない。

ざわざわと笑いさざめく桜の花びらが吹雪《ふぶ》いて、精霊の姿がかき消えていった。残された桜の古木だけが、しんと静まり返った中で淡く香《かお》る——。


天覧能で披露《ひろう》される白火の新作能は、このようにして始まる。

壱番目　神《しん》の章

「え…………？」

天覧能で『颯佐《さつさ》』を演《や》ると聞かされて、白火《はくび》はひどく困惑《こんわく》していた。

朝餉《あさげ》を済ませてから、稽古場《けいこば》で打ち合わせは始まっていた。今日でまだ残っている演目を取り決めて、あとは稽古と支度《したく》を進めていくのみだ。年が明けて、天覧能まではあと三月を切った。

「これがその『颯佐』の脚本《きゃくほん》の写しだ。一応人数分あるから、あとで全員取りに来るように通達してくれ」

――『颯佐』を……？

しかも、天覧能の『狂《きょう》』の演目――言うなれば、とりを飾《かざ》ることになる締《し》めの演目だ。

――な、なんで……？

大きな琥珀《こはく》の瞳《ひとみ》を何度瞬《またた》かせても、目の前の現実は変わらない。

柚木座《ゆきざ》の稽古場で、主立った面々が脚本を受け取り目を通し始めている。

白火は慌てて辺りを見回した。

——誰《だれ》も反対しないのか……？

「よし。これで、全演目揃《そろ》ったな。ようやく番組次第《しだい》が書けるわ」

有楽太夫《うらくたゆう》が満足そうに言い、白火の隣《となり》にいた一陽《いちよう》太夫は脚本の写しを手に目を丸くしている。

どうやら、蒼馬《そうま》が柚木座の座員にはあらかじめ根回しをしていたらしい。驚《おどろ》いているのは白火と一陽だけだった。

「蒼馬さま、『颯佐』は」

「驚いたか？」

訊《たず》ねられて、思わずすなおに頷《うなず》く。

「はい」

驚いたことは驚いた。『颯佐』は確かに白火が書いたものだけれど、その最初から蒼馬はそばにいて、出来の監修《かんしゅう》をしてくれたり舞《ま》いを実際につけてくれたりしていた。だから、脚本の権利は建前上蒼馬に預けていたのだけれど、まさかいきなりこう来るとは露《つゆ》ほども考えていなかった。

はくはくと声にならない言葉を探す白火に、蒼馬が残念そうに小声で告げる。

「今日は衣裳《いしょう》屋を回ったあと、宮中に裏参内して来る。『颯佐』の稽古は後回しだな。それまでは、白火も『田村《たむら》』のほうを稽古しておいてくれ。それじゃあ行ってくる」

「あ、蒼馬さま……」

蒼馬は最近殊更《ことさら》に忙《いそが》しい。できる限り打ち合わせを綿密に詰《つ》めて、天覧能の一月前からは自身も稽古に専念するためだ。どんなに忙しくとも朝晩に時間を作って稽古をしているが、どうやっても足りない。身も心も打ち込む時間が必要だ。

「――白火」

白火によく似た面差《おもざ》しの、穏《おだ》やかな年齢不詳《ねんれいふしょう》の男――一陽が静かに白火に声をかける。

「父さま」

「どうしてこんなことになっているんだ……？　俺は何も聞いていないし、許可した覚えもないぞ」

一陽も『颯佐』を読み、仕上がり具合に口を挟《はさ》んだことはあるが、『颯佐』は一陽にとってそれだけの作品ではない。もっと根深いところで関《かか》わっている。

颯佐《さつさ》――一陽の、亡《な》き妻の名前。今も胸の裡《うち》に住む恋人の名前。その名を口に上らせるだけで甘さとほろ苦さが胸いっぱいに広がって締めつける。

白火にとっての母親の名を冠《かん》した脚本を、一陽は初めて読んだときから容認《ようにん》してきた。悲しい思いをして死んだ颯佐を、幸せな形で昇華《しょうか》させたいという白火の気持ちが理解できたからだ。

だが実際のところ、この脚本を公演することになるとは思っていなかった。大事に大事に、胸の奥に秘《ひ》めておきたい想《おも》いの話だ。

「オレもです。父さま。『狂』の演目だけ随分《ずいぶん》と長い間決まらなかったから、どうしたのかなとは思ってたけど……」

蒼馬としては白火を驚かせたい一心で内密に準備をしてきたのだろう。

だからこそ白火は戸惑《とまど》う。

「あれは――オレは、舞いたくない……」

雪になる寸前の雲が重く垂れ込めて、どことなく陰鬱《いんうつ》な日のことだった。

あれはまだ年の変わる前、初雪が溶《と》けて間もないころのこと。

「俺は、お前を丸ごと奪《うば》う気でいるぞ?」

その言葉の通りに。

「ん………」

情熱的に吐息《といき》を絡《から》められて、白火は必死になって蒼馬の肩《かた》に縋《すが》りついた。水に溺《おぼ》れたわけでもないのに息が苦しくて、それでも蒼馬と離れたくなかった。

真冬の夜なのに、ふたり一緒《いっしょ》にいると寒さなど微塵《みじん》も感じない。

「すまん。苦しかったか？」

ぎゅ、としがみついた指先に気づいた蒼馬が苦く笑って口づけをほどく。蒼馬は、白火のどんな些細《ささい》な所作にだって気づくのだ。そう思うと、泣きたいほどに安心して白火の身体《からだ》から力が抜《ぬ》けていく。

蒼馬の腕《うで》の中は暖かくて心地《ここち》よくて、とろとろに蕩《とろ》けて溶けてしまいそうだ。

「……ここにいると、落ち着きます」

——蒼馬さまの腕の感触《かんしょく》も、降り落ちてくる声も、包み込む匂《にお》いも。全部好き。

甘えて頭を擦《す》り寄せると、満足げなため息が色っぽく掠《かす》れる。

「——お前、無自覚に煽《あお》るなよ」

「蒼馬さま？」

「いいから黙《だま》ってな」

ちゅ、と頭の天辺《てっぺん》に唇《くちびる》で軽く触《ふ》れられて。

全身を抱《だ》き締められると、なんだかくすぐったい。先ほどまでの眠気《ねむけ》も襲《おそ》ってきて、なんだか雲の上にいるようだ。

ふわふわ、ふわふわ。

白火の身体がゆらゆら揺《ゆ》れる。

「蒼馬さま、くすぐったい」

「指が？　それとも唇《こっち》か？」

白火が笑いながら身をよじるので、蒼馬も笑《え》みを浮《う》かべる。白火が首を打ち振《ふ》るたびに、薄《うす》茶色《ちゃいろ》の髪《かみ》からさらさらと甘い香《かお》りが漂《ただよ》って蒼馬の理性を熱く酔《よ》わせた。

このまま。

白火を蒼馬のものにしてしまっても、白火は怒《おこ》らないのではないかと思う。

時々驚くほど臆病《おくびょう》になることがあるから、蒼馬は白火に対して誠実に——以前瓦版《かわらばん》を賑《にぎ》わせた内容とはまるで正反対だと思えるほど——慎重《しんちょう》に接してきた。花にたとえるなら、まだ固い蕾《つぼみ》のような少女なのだ。無理矢理《むりやり》こじ開けるのは趣味《しゅみ》ではなかったし、むしろ待ってやりたかった。ゆっくりと花開き、白火が蒼馬を望むようになるまで。

けれど心ではそう思っていても、やはり逸《はや》るときがある。もう充分《じゅうぶん》待ったと、若い理性が悲鳴を上げて軋《きし》む。

「——白火」

しなやかな髪に顔を埋《うず》め、薄《うす》い肩にまとわりついている寝間着《ねまき》を流れるようなしぐさで開かせる。眩《まぶ》しいほどに白い肌《はだ》が片時も冷えることのないようすぐさま唇で触れ、暖める。白火は手折《たお》られた一輪の野花のようにしどけなく全身を蒼馬に委《ゆだ》ねて、なすがままだ。

「……白火？」

返事がないことに気づいて顔を上げ、蒼馬は一瞬《いっしゅん》息を呑《の》む。

「──おい？　白火？」

着物の合わせ目を開かれ、鎖骨《さこつ》の浮き上がる肩を露《あら》わにして白火は眠《ねむ》っていた。幸せそうに、うっすらとした微笑《ほほえ》みを浮かべたまま。

「お前、普通《ふつう》ここで寝《ね》るか……？」

思わず舌打ちしたくなったが、心地よさそうに眠る白火があまりに愛らしくて、ついつい機《き》嫌《げん》も直ってしまう。我ながら安い男だと思うが、結局のところ白火には勝てないのだから仕方がない。

「惚《ほ》れた弱みってやつだろうがな」

華奢《きゃしゃ》な身体を抱き締《し》め直し、蒼馬はもう苦笑《くしょう》するしかない。

「──まあ、ここまで待ったんだ。あと少しくらい我慢《がまん》してやってもいいが……男の矜持《きょうじ》ってもんが傷つくよなあ……」

かつて花街で蒼馬にのぼせ上がった遊女たちが今の彼の有様を見たら、いったいなんと言うことだろう。

くつくつ、くつくつ。

それでも機嫌《きげん》良く喉奥《のど》を鳴らし、蒼馬は完全に寝入《ねい》ってしまった白火の肩口《かたぐち》に食《く》らいついた。痛みを感じる寸前まできつくきつく吸い上げて、赤い花痕《はなあと》を散らす。

「ま、このぐらいはしておいてもいいだろう」

翌朝、着替《きが》えようとした白火が己《おのれ》の肌に散った痕に盛大な悲鳴を上げ、蒼馬は恥《は》ずかしがって拗《す》ねた白火に結局丸一日、口をきいてもらえなかった。


「――それはそれは」

氷見《ひみ》は蒼馬をそっと盗《ぬす》み見、それから露骨《ろこつ》にふっと唇を歪《ゆが》めて笑った。もちろん口もとは閉じた檜扇《ひおうぎ》で隠《かく》しているものの、気配からして嘲笑《ちょうしょう》しているのが丸わかりだ。

「恋《こい》する男は気苦労が絶えんな。同じ男として、少なからず同情するぞ」

蒼馬はもうむっつりと黙り込んで返事もしない。普段《ふだん》ならこんな話は絶対にしない。艶《つや》話は、秘めれば秘めるほど艶が増すというものなのに、ついうっかりと誘導尋問《ゆうどうじんもん》に引っかかってしまった。

ここは宮中の氷見の私邸《してい》であり、人払《ひとばら》いは完璧《かんぺき》だ。だから氷見も、必要以上に姿を隠したりしない。政《まつりごと》の公《おおやけ》な場では、氷見はその姿を見せてはいけないことになっていて、御簾《みす》深くに押しこめられている。

いつかは変えていきたい悪習だと氷見は思う。顔の見えない統治者など、民《たみ》にとって近しいものであるわけがない。

「それにしても……」

くくく、と氷見は忍《しの》び笑いを噛《か》み殺すのに一苦労《ひとくろう》だ。

「あれだけ伊達《だて》男として名を馳《は》せてきたそちが、未《いま》だ白火だけには手を出せずにいるとは、意外と純情というかなんというか……ふふふ。駄目《だめ》だ、我慢できぬ」

「——だから言うのはいやだったんだ……」

「ははははは！　恋する色男というものも、なかなかにおもしろいな！」

——どうしてこいつにこんな話をして笑われなきゃいけないんだ。

心の中でそう叫《さけ》んではいても、涙《なみだ》まで浮かべて笑っている目の前の少年がれっきとしたこの国の帝《みかど》である以上、蒼馬は言葉を慎《つつし》まなくてはならない。いや、態度を改めなくていいと以前言われてはいるが、一応筋として礼儀《れいぎ》は通している。そうでないと、うっかりして人前でぼろを出してしまうかもしれない。そうなったときにあれこれ言われて面倒《めんどう》になるのは御免《ごめん》なので、あらかじめ一線を画した付き合いを心がけている。

割合あっさりと氷見と馴染《なじ》んだ白火と違《ちが》い、蒼馬はまだ少し複雑だった。

彼の従兄《いとこ》、朱鬼《しゅぎ》が今後どうなるか。

氷見の采配《さいはい》のもと、幸せを掴《つか》むことができるかどうか。

それを見極《みきわ》めるまで気を許すつもりはなかったが、それでもこうして何度も顔を合わせていれば、少しは油断も生じるというものだ。氷見にはどこか、人の心の奥にまでするりと軽《かろ》やかに踏《ふ》み込んで居座る、天性の魅力《みりょく》のようなものがある。

「――俺は天覧能の話をしに来たんです。これ以上話が進まないなら退出させていただきますが」

「続けよ。もう笑わぬから。余が悪かった。非常に繊細《せんさい》かつ重大な個人の問題に立ち入ってしまって、相済まぬと思っておる」

殊勝《しゅしょう》な台詞《せりふ》を吐《は》くが、口もとがひよひよと痙攣《けいれん》し続けていては反省も台無しだ。

むすっとした蒼馬が腰《こし》を上げかけると、氷見が鷹揚《おうよう》に宥《なだ》めた。

「座れ。ちょうど酒も来た。宮中の酒はそこらの酒屋のものとはひと味違う。灘《なだ》の辺りから献《けん》上《じょう》された、とっておきぞ」

ようやく笑いを堪《こら》えられたらしい氷見が、漆塗《うるしぬ》りの盆《ぼん》から酒瓶《びん》を掲《かか》げてみせる。

宮中でも奥深く、氷見の私的な部屋で、こまごまとした雑用を取り仕切る小姓《こしょう》たちは蒼馬の姿を見ても誰《だれ》もいないかのように振る舞《ま》う。帝が宮中の私室に役者風情《ふぜい》を呼んで親しくしているなどと知れ渡《わた》れば、宮中人が何より大切にしている現人神《あらひとがみ》の威信《いしん》が落ちてしまう。だから、この私邸で起こることは一切《いっさい》他言無要の躾《しつけ》が行き届いている。

表向きはともかく、個人的な楽しみの間くらい寛《くつろ》いでいたいという氷見の意向で、堅苦《かたくる》しさがなく居心地《いごこち》が良い。

氷見が南蛮渡来《なんばんとらい》の珍《めずら》しい、氷のような色合いの盃《さかずき》にとくとくとくと清酒を満たす。注いだ酒が金剛石《こんごうせき》でも溶《と》かしたように清く輝《かがや》く。薄い薄い青色の器《うつわ》の中でその美しさをまず目で愛《め》で、香りを楽しんでから口に運ぶ。

「で、演目が出揃《でそろ》ったのだな？」

ちびちびと嘗《な》めるように酒の味を楽しむ氷見に軽く献杯《けんぱい》してから、蒼馬は一気に喉をそらせて呷《あお》った。喉も渇《かわ》いていたし、もともとどれだけ呑んでも記憶《きおく》を飛ばしたことのないうわばみである。運ばれてきたつまみは、大根を熱く炊《た》きあげたものだ。添《そ》えられた味噌《みそ》をつけて食べる。雪の多いこの季節に気の利《き》いたつまみだ——若干《じゃっかん》十五歳の氷見の好みにしては、いささか渋《しぶ》いような気もしたが。

「ええ。明日、有楽太夫が最終的に決定して御報告という形になると思いますが。誰かさんが演目は決まったか、まだか、まだ決まらないのかと毎日矢の催促《さいそく》をしてくるもんで、とりあえずお知らせに参上しました」

「ほう……それはまた、せっかちな男もおったものだのう」

氷見が楽しそうにしらばっくれる。

「まったくです。今後しばらくは俺も稽古《けいこ》に集中したいんで、こういう無茶《むちゃ》な呼び出しはこれきりにしてください」

くい。

くいくいくい。

——旨《うま》い。

胸を焼く強い度合いの酒に、蒼馬は満足そうに口《くち》の端《はし》を緩《ゆる》める。

灘は清酒の名産地だ。爽《さわ》やかにきりりと力強い口当たりで、辛口《からくち》好みの蒼馬の口によく合う。さすがは宮中献上品だけのことはある、と思いながら、蒼馬は遠慮《えんりょ》なく盃を重ねた。

小姓は退《さ》がっているので、氷見が手ずから酌《しゃく》をしようとするのだけは丁重《ていちょう》に断り、手酌《てじゃく》だ。その豪快《ごうかい》な飲みっぷりに、氷見がかすかにうらやましそうに唇《くちびる》を引き結んだ。こちらは、まだ盃の半分も減っていない。

「あらかたの演目は聞いたことがあるが——この、『颯佐』という演目は初めて見た。どういう話だ？」

「……とある女が、ある男に恋をして。待ち続け堪《た》え忍ぶ恋の苦しさにその身を蛇身《じゃしん》に変えつつも、結局は結ばれるという話ですよ」

「主題は女の恋か。『筒井筒《つついづつ》』のようなものか？」

幼なじみの淡《あわ》く清い恋を描《えが》いた『筒井筒』よりは、恨《うら》み嫉《そね》みの凄《すさ》まじい『道成寺《どうじょうじ》』に近いかもしれない——と。

その言葉を、蒼馬は酒と一緒《いっしょ》に呑《の》みこんだ。

『颯佐』。

白火が書いた、あれは一種の白火の願望であり忘れることのできない記憶だ。自分の母親を幸せにしたいと願う気持ちで描いたあの舞いを、蒼馬は今度の天覧能で初演にしようと考えている。決して白火贔屓《びいき》で見なくとも能本来の幽玄《ゆうげん》な持ち味が生きていて、静かで激しいあの舞いは、白火の魅力をよく引き立てる。

芸人にとって、最高の栄誉《えいよ》でもある天覧能。

その舞台《ぶたい》で、誰もが手堅《てがた》く守りに入るところで、蒼馬はあえて勝負に出る。

柚木座《ゆきざ》は因習に囚《とら》われず、旧《ふる》いものに囚われない。天覧能だろうと河原興行だろうと同じく真摯《しんし》に向き合い、全力を尽《つ》くす。それが蒼馬の信条だ。

――まあ、さすがに宮中行事になると少々勝手は違ってくるけどな。

酒にほどよく火照《ほて》り始めた身体《からだ》が心地《ここち》よい。

脳裏《のうり》を掠《かす》める清らかな真水の面影《おもかげ》に蒼馬は思いを馳《は》せる。

あの少女は、この決定を喜んでくれているだろうか、と。


「あの、蒼馬さま。お話があるんですけど……」

「お？　珍しいな白火。どうした。入れ」

この日の夜の稽古を終えてから、白火は蒼馬のもとを訪《おとず》れていた。柚木座の離《はな》れには蒼馬の部屋がいくつかあって、その中のひとつを白火に与《あた》えられている。

「ゆっくり顔を合わせるのも久しぶりだな」

「そうですね。この十日あまり、蒼馬さまのお帰りも遅かったですし」

そことは別に蒼馬が主に仕事部屋として使っている部屋があって、そこを訪れたのだ。寝《ね》るためだけに使っている部屋とは違い、脚本《きゃくほん》や消息文などが乱雑に取り散らかされて墨《すみ》の匂《にお》いが強い。てっきり蒼馬は物の少ない部屋を好むとばかり思っていたので、その違いに白火は少し驚《おどろ》いた。物珍《ものめずら》しくて、辺りをきょろきょろと見回す。

「あの。お邪魔《じゃま》なようでしたら、また今度にしますけど」

「いいから来い。適当なところに座れ」

片手でひょいと手招きされて、白火はなんとも微妙《びみょう》な顔で立ち尽くした。

「……まあ、座るような場所もないか。悪いな、散らかってて」

苦笑《くしょう》しながら促《うなが》され、白火はおずおずと中へ足を踏み入れた。散らかった部屋がいやなのではなく、あくまで仕事の邪魔をしたくなかったのだ。蒼馬が思っているほど白火は潔癖症《けっぺきしょう》ではないし、結構大雑把《おおざっぱ》だ。貧乏《びんぼう》育ちでたくましく育ってきた自覚があるのに、蒼馬にかかるととことん姫君扱《ひめぎみあつか》いされてしまって戸惑《とまど》う。

いやではないのだけれど、蒼馬に甘やかされるとなんだか分不相応なように感じてしまい、すなおに慣れることができない。貧乏性《びんぼうしょう》は筋金入りだ。

文机《ふづくえ》の紙燭《しそく》に灯《あか》りを灯《とも》し、天覧能の記録に囲まれた蒼馬は、稽古場《けいこば》で見る蒼馬とは少し違《ちが》う気がする。

蒼馬が、手にしていた文を畳《たたみ》の上に放《ほう》り投げた。これで、畳は完全に埋《う》め尽くされて見えなくなってしまった。

「もう切り上げようと思って、火鉢《ひばち》の火を落としたところだったんだ」

昼日中はまだ陽射《ひざ》しで暖められていても、夜になるとしんしんと冷えてくる。京の冬は底冷えだ。役者の身体は決して冷やしてはならない。

「寒くないか？　で、どうした？」

爪先立《つまさきだ》って、なるべく仕事の資料などを踏《ふ》まないようにしながら手招きされるままに近づいていくと、いきなりぐいっと手首を摑《つか》まれて引き寄せられた。

「え」

あぐらをかいた蒼馬の膝《ひざ》の上に、まるで人形のように座らせられる姿勢になる。

「そ、蒼馬さまっ。オレ、もう子供じゃないんですからっ！」

真っ赤になった白火が逃《に》げようとすると、それより早く伸《の》びてきた腕《うで》が白火の腰に巻きついた。弟の天輪《てんりん》が一陽の膝に乗って遊んでいるときとまるっきり同じ格好だ。

「こうしていれば温かいだろう？　ちょうど座る場所もないしな」

耳の上から温かな呼気とともに艶《つや》を含《ふく》んだ声が降りかかってくると、白火はもう抗《あらが》えない。

蒼馬が着ていた羽織を広げ、その中に白火をすっぽりと包み込む。

「蒼馬さま、オレは仕事の話をしたくて」

「このままで聞く」

蒼馬が身を屈《かが》め、白火の項《うなじ》に鼻先を押しつけて真水の香《かお》りを堪能《たんのう》する。いつも白火からは清らかな水と月の香りがして、ほのかに甘くて切ない。

恥《は》ずかしさのあまりか、むーっと膨《ふく》れてしまった白火にこっそり笑いながら蒼馬が更《さら》に白火を抱き締《し》め、あやすように揺《ゆ》さぶると、白火は手足をばたつかせて暴れた。

「子供扱《あつか》いしないでくださいってば！」

白火が怒《おこ》ってこうやって逆らうのが、最近蒼馬はおもしろくて仕方ない。更に腕に力をこめる。白火の細い体軀《たいく》で、蒼馬の力に敵《かな》うわけがない。

普段遠慮《ふだんえんりょ》がちで舞《ま》いに関すること以外は滅多《めった》にわがままを言わない白火が、こうして子供扱いされたときだけは毛を逆立てた仔猫《こねこ》のように怒って抵抗《ていこう》してくる。それが、蒼馬は白火に甘えられているような気分になるのだ。

逆らえないのでも、怖《こわ》がっているのでもなく。

対等な関係にあるからこそ、白火は子供扱いをいやがり、暴れる。

そう思うと、可愛《かわい》くて仕方ない。白火がここまで素《す》の状態を晒《さら》すのは限られた面々の前だけだと思うと、誇《ほこ》らしささえ感じる。

無防備に見えてその実天然の直感で働く警戒心《けいかいしん》が強いから、白火は気を許した人間の前以外では、素の稚《いとけな》くあどけない素顔《すがお》を絶対に見せようとしない。

桜貝のような耳に唇で触《ふ》れ、蒼馬は低く声の調子を変えて囁《ささや》きかける。

「お前、何か大事な話があるんだろう。顔つきがいつもと全然違う」

「そんなに顔に出ていますか？」

「ああ」

白火の手足がぴたりと止まる。自分では普《ふ》段《だん》通り、何も変わらないつもりでいた分、驚きは大きかった。

「何をそんなに考え込んでいる。天覧能が負担か？」

「いいえ、違います。緊張《きんちょう》はしますけど、氷見の帝《みかど》のためにも頑張《がんば》りたいと思っていますし」

「お前のそういうところはいいが、俺の腕の中にいるときにほかの男の名を口にするのは許せんな」

ぼそりと口の中だけで呟《つぶや》かれた言葉は聞き取れなかったが、一気に剣呑《けんのん》になった気配と熱だけは感じ取れて、白火はびくりと身を竦《すく》ませる。

「蒼馬さま？」

「それで？　どうしたんだ？」

蒼馬の膝の上でというのがどうにも落ち着かなくて白火はもぞもぞと身動《みじろ》ぎする。このままだと、正直に白状しないことには離してもらえなさそうだ。蒼馬がこういうときやたらと意地

が悪くなることは白火も重々承知している。

男物の着物からふわりと揺れる香《こう》の香り。香の甘さというよりも、蒼馬自身から溢《あふ》れる甘さ。

愛用の煙管《きせる》の代わりに、今日は墨の匂いが混じっている。蒼馬の匂いと熱に白火は弱かった。

ついつい安心して、心を開いてしまう。甘えたくなってしまう。

白火が蒼馬に心を許し預けてしまっていることを、蒼馬は気づいているだろうか。ゆっくりかもしれないけれど、白火は白火なりの速度で蒼馬を信頼《しんらい》し、恋《こい》している。そのことを伝える言葉がわからない。見つからない。

「――蒼馬さま。天覧能で、どうしても『颯佐』をやらないとだめですか……?」

蒼馬の腕が、ぴくりと動く。

「問題があるか? 稽古《けいこ》ももう始めているだろう。ほかの演目よりは舞《ま》い込む必要があるだろうが、それは時間の問題だ。今から焦《あせ》っても仕方ない」

「違うんです、そうじゃなくて」

『颯佐』は上演しないことを前提に書いた演目なのだ、と言ったら、この人はどんな反応をするのだろう、と白火は思う。多くの脚本は舞うために書かれる。けれど白火はあの舞いを人に見せるつもりは最初からなかった。あれは、母を偲《しの》ぶために舞う演目だ。

「蒼馬さま、『颯佐』は」

「――白火」

蒼馬が、そっと白火の髪《かみ》に顔を埋めた。

「心配しなくていい。『颯佐』の出来は皆《みな》も承知している。お前は緊張して少し神経質になっているだけだ」

――違う。

そう叫《さけ》びたいのに、声が出ない。

蒼馬が念入りに支度《したく》を整えているものを、白火のわがままで取りやめてもいいものだろうか。

――オレのこれは、わがまま……？

柚木座《ゆきざ》の若太夫《わかたゆう》が蒼馬である以上、座員は蒼馬に従う義務がある。けれど白火は柚木座の座員ではないし、『颯佐』の生みの親でもある。

でも天覧能の全権は有楽が蒼馬に預けており、番組や構成、出入りの商家や後援者《こうえん》にも顔繋《かおつな》ぎをして協力を願い出て、さまざまなことを精力的に取り仕切っているのは蒼馬だ。

蒼馬がどれだけ見えない努力を重ねて準備しているのかを、白火は間近に見て知っている。

――『颯佐』を天覧能で舞いたくないっていうのは、子供じみたわがままなのかな……。

そう思うと、何も言えなくなる。

甘えるのが下手《へた》だと指摘《してき》されることがあるが、どこまでが甘えでどこからがわがままなのか、その線引きが白火にはいまいちわからない。だから胸の奥深くの一番やわらかな場所が不安に怯《おび》えて震《ふる》えていても、それを言葉にすることができない。

ただ、違和《いわ》感を感じる。

違うのだという、強烈《きょうれつ》な感覚だ。

「な？　大丈夫《だいじょうぶ》だ。早く装束や面も合わせて申し合わせをしよう。そうすれば不安もきっと消える」

「……は、い——」

もやもやとした奇妙《きみょう》な重苦しさに曇《くも》る表情を隠《かく》すため、白火は蒼馬の胸に顔を埋めた。

不安に似た違和感を、拭《ぬぐ》うことも相談することもできないまま。

弐番目　男《なん》の章

能楽界の秘花とも称《しょう》される永観座《えいかんざ》は今回の天覧能とは関《かか》わりがないので、いつもと変わらない日常が静かに繰《く》り返されている。積み重ね、積み上げられていく稽古と時間《とき》の流れ。

こぽぽぽぽ、と小気味の良い湯音がして、湯気が立ち上る。

「今日は珍《めずら》しい茶葉が手に入ったんですよ。なんでも金木犀《きんもくせい》の香りを移してあるとか」

少し季節外れですけどね——部屋中にふわりと広がるけぶる黄金色《こがねいろ》の香りを楽しみつつ、静《しず》凪《なぎ》は湯飲みを井澄《いすみ》に差し出した。永観座の書物庫は普段は閉めきられているので少々黴臭《かびくさ》かったが、蔀《しとみ》を開け放って風を通し、こうして香りの良いお茶を淹《い》れてしまえば不快ではなかった。

冬の最中《さなか》とはいえ、陽射《ひざ》しのある日中は火鉢《ひばち》も必要ない。

「何を読んでいらっしゃるんです？」

熱いお茶を啜《すす》りながら無言のまま、井澄はちらりと書物の表紙をめくってみせた。

天覧能に関する記録をまとめたもので、こういう書き物は永観座では太夫が代々きちんと記すことが務めとなっている。もちろん井澄も、記録を毎日几帳面《きちょうめん》につけているが、それは静凪

にもほかの誰《だれ》にも読ませたことはない。永観座の中でのみとはいえ公表されるのは、井澄がこの世を去ったあとだ。

「何か気にかかることでもありました？」

井澄が静かに首を横に振《ふ》る。

調べたいことがあったのではなく、ただこうして少し静かな時間を過ごしたかっただけだ。

巻物を棚《たな》に積み上げた書物庫に、時々こうして井澄は籠《こ》もる。そんなときは大抵《たいてい》静凪は黙《だま》って見守り、頃合《ころあ》いを見計らってお茶を持って行く。

井澄にとって書物庫は、己《おのれ》を見つめ直す場所だ。稽古場《けいこば》は、永観座太夫にとっては戦いの場所で憩《いこ》いの場所にはならない。安らげない。常に誰かが井澄を見て、その視線を息苦しく気詰《きづ》まりに感じたとき、古い脚本《きゃくほん》や記録を読みふけってひととき現実を忘れる。

井澄なりのささやかな息抜《いきぬ》きだ。

「……これも、あとで柚木座に届けてやるといい。参考になる」

「わかりました。先々代の記録はわかりやすいですすし、柚木座の若太夫が喜ばれますよ、きっと」

書物を受け取って傍《そば》に置き、静凪が続ける。

「白火どの、最近ぱったりとお見かけしなくなってしまいましたね。少し寂《さび》しいような気もします」

由緒正《ゆいしょただ》しい永観座の座員として、数多《あまた》の憧憬《しょうけい》の目で見つめられることには慣れているつもりだったが、それでも白火のあのまっすぐできらきらとした憧《あこが》れの詰《つ》まった眼差《まなざ》しは別格だった。

あれは子供の持つ目だ、と静凪は思う。

好奇心《こうきしん》と興味がいっぱいに詰まっていて、ひたすら純粋《じゅんすい》で。

「あんな目で見られると、己の中の醜《みにく》いものがすべて剝《む》きだしになるような気がして、心地《ここち》悪いと思うときもあるんですよ。舞いにも同じ、地に堕《お》ちても堕ちきらない清らかさがあるでしょう」

あの清冽《せいれつ》さには敵《かな》いませんね——静凪の穏《おだ》やかな話しぶりに耳《みみ》を傾《かたむ》けつつ、井澄も思う。

神秘的かつ凄《すご》みのある白火の舞《ま》いは確かに、目新しくて派手な柚木座より、ゆかしい永観座のほうが合う。井澄の率いる永観座は、新作を作らないことでも徹底《てってい》していて、伝統を重んじるため、脚本ひとつ取ってみても時間の積み重ねが必要になってくる。そのことに窮屈《きゅうくつ》さは感じない。良いものだけを選び抜《ぬ》き、その中で磨《みが》き続けて護《まも》る。永観座は、そういう在り方を自ら選んでいる。

この伝統の重みのしっくりと馴染《なじ》んだ舞いは、きっと白火の舞いをどこまでも透《す》き通《とお》らせ、さながら蝶《ちょう》の透き通った薄《うす》羽根のような儚《はかな》い夢《む》幻《げん》を紡《つむ》ぎ出すに違《ちが》いない。

「いっそのこと白火さんがうちにいらしてくだされば、厄介《やっかい》ごとも万事《ばんじ》解決しますのにねえ……」

「……？」

思わず、といったように静凪の口を突《つ》いて出た言葉に、井澄がわずかに首を捻《ひね》る。

「ああ、いえ……つまり、ですね」

静凪は心の中で、言葉を選び直した。

「白火どのが永観座に来れば、舞《ま》うことだけに集中して生きていけますからね。それに、白火どののあの才能は、うちとしてもぜひとも欲しいですから」

馥郁《ふくいく》とした香《かお》りが部屋中に広がっている。のどかな午後だ。

井澄の耳の端《はし》と片頬《ほお》の上の辺りがぴくりと動いたのを見て、静凪は話を聞いていることを確かめる。井澄が白火に少なからず好意を寄せているらしいことに、静凪は早くから気づいていた。ただ、それが男女の恋愛《れんあい》に育っているのかどうかまではわからなかったし、仮にそうだとしても井澄が自ら動くとは思えない。

あらゆる意味で、井澄は超越《ちょうえつ》している。白火を好きだと思ったら、そのまま淡《あわ》い好意を生涯《しょうがい》抱《いだ》き続けていくだろう。寡黙《かもく》に、真摯《しんし》に。

そういう青年なのだ。

「白火どのが女性だということは、我々にとってはかなり重要ですから。ほかの座にもかな？」

「重要……」

「ええ」

白火が男だったら、伝統を重んじる永観座から移籍《いせき》の話など、考えることはない。どれだけ才能があっても、永観座はそこまで白火を求めはしなかっただろう。

けれど、白火が女であるというだけで、話は根本的に違ってくる。

「白火どのが産む子供が、あの才能を受け継《つ》ぐのではないかと。そう考える者は多いでしょうね」

女性に出来て、男性に出来ないこと——次代を紡ぐこと。

永観座にいる誰もができないことが、白火なら可能だ。静凪を含《ふく》む永観座の幹部は、そこに注目していた。

井澄の嫁取《よめと》り問題は、ここ数年永観座にとっての大きな課題だ。井澄の由緒正しい血筋を受け継ぎ、引き継ぐことのできる女性を妻に。関心はそこだけで、永観座の幹部たちは水面下でひそかに焦《あせ》っていたものだ。

余計な血筋など要《い》らない。下手に高貴な血が入ってしまっても困るだけだ。残したいのは井澄の血だけで、それにはやはり下々の血は入れたくない。代々の太夫《たゆう》は時の権力者や後援者《こうえん》の娘《むすめ》、座員の娘などを周囲の思惑《おもわく》通りに娶《めと》って務めを果たしてきた。血を繋《つな》ぐことも太夫の義務のうちだ。

けれど、あまりに舞いの神に愛された井澄の妻にふさわしい娘などいなくて。

かといって、舞い以外に興味の持てない井澄が自分で生涯《しょうがい》の伴侶《はんりょ》を見つけてくるとも思えない。

困っていたまさにそのときに、白火が現れたのだ。

——柚木座《ゆきざ》の若太夫には申し訳ないですが。

静凪は永観座太夫の乳母子《めのとご》だ。永観座のために一生を捧《ささ》げると決めている。他《ほか》の何をも犠牲《ぎせい》にしてもいいとは考えていないが、優先順位は間違《まちが》えない。

静凪は、あえてゆっくりと言葉を刻んだ。井澄の心にじわりとその言葉が染《し》みこむように。

「太夫。白火どのとの縁組《えんぐみ》が叶《かな》えば、次代の永観座太夫にはあの才能が受け継がれることになります」

静凪もまた、永観座の血の呪縛《じゅばく》から逃《のが》れきることのできないひとりだ。その生き方に、抗《あらが》うつもりは毛頭ない。

この世で最高の出来栄《できば》えの能面のごとき、と称される井澄が、凍《い》てついた泉の水底《みなそこ》のような深い双眸《そうぼう》で静凪を凝視《ぎょうし》する。

「──縁組」

血のために。

静凪は、永観座は。

井澄の心の中にある、自覚すらしていないであろう淡い好意さえも利用する。利用させてもらう。そのことが井澄にとって幸せなことであるなら、躊躇《ためら》う必要はない。

色恋《いろこい》に疎《うと》い井澄の心を利用することに、赤子の手を捻るような罪悪感は覚えたのだけれど。

──これも、永観座太夫を護る者として生まれた者の因果でしょうかね。

静凪は井澄の目を見て頷《うなず》く。

「はい」

静凪の秘《ひそ》やかなため息は、誰の耳にも届かない。

◆

「静かだな……」

白火はひとり、ぽつんとつぶやいた。独り言を聞いている人間は今は誰もいない。

稽古場というのは、柚木座でなくても大抵人の出入りの多い場所だ。役者や囃子方《はやしかた》などが住みこみ、日中の間だけ水仕事を頼《たの》まれている女性たちが通い、興行に必要なものを調《ととの》えに商人たちが訪《おとず》れ、後援者も稽古《けいこ》の風景を見にやってくる。

でもたまに、こういう時がある。

日暮れ時、誰《だれ》もいなくてとても静かで、この世にひとりきりなのではないかとさえ思うほど静寂《せいじゃく》に包まれる逢魔《おうま》が時。

贔屓《ひいき》衆からの差し入れが商家を通じて届き、季節の初物が届けばまた差し入れられて、贈《おく》り物は基本的に年中途《と》切《ぎ》れない。京の裕福《ゆうふく》な人々にとってお気に入りの役者を支援《しえん》するのは当然のことだし、役者たちはその御礼《おれい》として華《はな》やかに京を彩《いろど》る。新しい染めや色の着物も、人気のある役者たちが普段《ふだん》に着て歩いたりすれば、かなりの宣伝効果があるから持ちつ持たれつの生活だ。

開放的な空気が流れているせいか舞いに興味のある近所の子供がこっそり庭先に忍《しの》び込んでいることもあるし、飼っているわけではないのに、猫《ねこ》も出入り自由だ。

見慣れない、白い毛並みの猫が我が物顔でとことこと庭先を横切り、小さく鳴く。

もともと大所帯の能楽座育ちなので、こうしてひとりになることに白火はあまり慣れていない。物心つく前から、記憶《きおく》にある限りそばにはいつも誰かがいた。

「お邪魔《じゃま》致《いた》しますよ、白火どの」

玄関《げんかん》からではなく、庭先からひょいと現れた人影《ひとかげ》に白火が驚《おどろ》いて目を瞬《またた》かせる。

「え？　静凪さん？」

「こんなところからで失礼致します」

「いいえ、とんでもないです。どうぞお上がりください」

白火が稽古場《けいこば》に招じ入れようとするのを、静凪は例の、曖昧《あいまい》でほのかな微笑《ほほえ》みを浮《う》かべて断る。

「今日のところはここで結構です。人目につくのも避《さ》けたいですし」

「……？」

意味がわからず小首を傾《かし》げた白火に、静凪は懐《ふところ》から文を取り出した。

「今日は文使いなんですよ」

白い薄様《うすよう》に厚紙を重ねた文は、折《お》り畳《たた》んであるが封《ふう》はしていない。半ば無意識のうちに受け取った白火の手の上ではらりと広がる。

ごく自然にその文の内容に目を走らせた白火の顔つきが、一瞬《いっしゅん》にして強《こわ》ばった。

「静凪さん、これ……！」

「御返事《ごへんじ》は近いうちに。また参ります。ああ、でも、私からの見解としても一言だけ」

立ち去りかけた静凪がくるりと振り返る。瞳《ひとみ》の奥は笑っていない。

静凪は怖《こわ》い人だ。

白火は初めて、そう思った。

「貴女《あなた》は、永観座に在《あ》るべき人だ」

それだけ言い置いて、夕暮れ時にのみやってくる現実と妖《あやかし》の世界のあわいの使者のように、静凪は静かに姿を消してしまう。

——どういうことだ…………？

取り残された白火はひとり、しばらくの間身動《みじろ》ぎすらできずにただただ立ち尽《つ》くしていた。

信じられない。

まさにその一言だった。文を広げたまま固まってしまった手が震《ふる》える。

「井澄太夫が…………？」

渡《わた》されたのは、移籍届だ。

流麗《りゅうれい》な文字が、移籍を認める旨《むね》の一文をなめらかに綴《つづ》っている。そこに白火の名前を書き入れれば済むようになっている。

型通りの決まり文句だ。

永観座が白火の移籍を望んでいるというのか。そんな馬鹿《ばか》な、と白火は笑い飛ばそうとして、その笑《え》みが凍《こお》りつく。

あれほど女の舞い手を厭《いと》って、嫌《きら》って拒絶《きょぜつ》して——そして、認めてくれた。

——でも……まさか。

戯《たわむ》れだと思い込もうとする。他愛《たわい》のない、質《たち》の少し悪い悪戯《いたずら》に過ぎないと。

けれど白火はその文を捨てることも、破くこともできなかった。

——熟考を重ねた。

ただ一言、文末に井澄らしい言葉が添《そ》えてあって。

井澄の真摯《しんし》な顔つきが眼裏《まなうら》にちらついて、だから白火は迷う。

永観座の井澄は、舞いのことでこんな悪戯をするような人ではない。

ということは、本気だ。本気の誘《さそ》いだ。

「白火さん、留守居役ありがとうございました〜。有楽太夫《たゆう》が、いきなり面は自分で打つって言い出して面打ち小屋に閉じこもっちゃいましたからもう後処理が大変で。ああなると満足のいく面を打ち終わるまでは何を言っても無理です。天覧能までに出てきてくれるかなあ」

隼人《はやと》たち、柚木座の若い面々が賑《にぎ》やかに戻《もど》ってくる。白火は咄嗟《とっさ》に、手にしていた文を懐《ふところ》深《ふか》くに差し込んで隠《かく》した。

「白火さん？　どうかしました？」

「——いえ……お帰りなさいませ、皆《みな》さま」

——言えない。

ぎこちない笑みを作り、白火は着物の上から文を押さえこんだ。

——どうしよう。

受け取ってしまったこと自体が、蒼馬たちへの裏切りになるような気がして胸の奥が重かった。


白火は稽古の合間に、暇《ひま》を見ては自室でこつこつと筆を走らせる。

思っていることを文字にして綴っていく作業は、今まであまり落ち着いて取り組んだことはなかった。『颯佐』を書いたときは、ほとんど書かなくては、残さなくてはという衝動《しょうどう》に突《つ》き動かされたようなものだった。

今では白火は、じっくりと自分の言葉で考えながら反古紙《ほごがみ》の裏に新しい文字を書き連ねていく。

「…………」

文机《ふづくえ》に向かっていると落ち着くが、時折心がこうして不意にざわめく。白火はため息をついて筆を硯《すずり》に置いた。集中できない。

「──御返事、しないとな」

ため息の原因は、永観座からの件に他《ほか》ならない。

井澄からの文は常に懐深くにしまい込んで、白火はほとほと扱《あつか》いに困っている。幸い、永観座からの返事の催促《さいそく》はない。静凪が訪れてきたことも白火以外は誰も知らず、まるで白昼夢でも見ていたような、狐《きつね》につままれたような感じだ。

だが、確たる証拠《しょうこ》が、今も白火の胸の奥深くに眠《ねむ》っている。

内容が内容だけに部屋に無造作に置いておくこともできないし、捨てることもできない。送り返したい気持ちが一番強かったが、ことを大事にしたくないのと、今はとにかく天覧能を優先させたい気持ちとで心が揺《ゆ》れ惑《まど》う。

「白火」

不意に廊下《ろうか》から蒼馬が顔を覗《のぞ》かせてきて、白火は文字通り飛び上がった。

「うわ、はい！」

「時間が出来たんで、蔵《くら》を見に行くぞ。支度《したく》しろ」

蒼馬からは、文机に向かっている白火の背中しか見えていないはずだ。白火は飛び出しかけた言葉をぐっと呑《の》み込み、元気よく頷《うなず》いた。ただでさえ忙《いそが》しい蒼馬を、これ以上煩《わずら》わせたくない。

「わかりました、すぐ行きます！」

何も考える暇もないほど忙しいのは、今の白火にはかえって救いだった。役者も囃子《はやし》方《かた》も関係なく裏方として動けるときに動くから、余計な物思いをするどころか毎日目の回るような忙しさだ。

冬の日中、辻《つじ》を歩きながら白火ははあっと息を吐《は》く。白い塊《かたまり》がふわっと広がって、あっという間に溶《と》けて消える。これが、毎年白火はおもしろくて好きだ。歩きながら、わざと口を開けて大きく息を吐き出す。

「白火。遊びながら歩いていると転ぶぞ」

「これ好きなんです。今日も寒いですね」

「明日あたりまた雪が降るかもな」

ぞろぞろと、京の辻を団体で歩いているから周囲から少し遠巻きに見られている感じがする。

けれども蒼馬や一陽、有楽たちと一緒《いっしょ》だと白火はかなり気楽だ。これだけ威圧《いあつ》感のある面々で歩いていると、白火贔屓《びいき》の少女たちも気軽に声はかけられないらしい。白火ひとりで歩いているとこうはいかない。

本来冬の間は役者仕事は休みで、鍛錬《たんれん》を重ねたり、里村に戻って家族とともに冬籠《ふゆご》もりしたりする季節である。

その休暇《きゅうか》を返上し、毎日やるべきことに追われている。

冬の空気は冷たくて思わず背中を丸めたくなることもあるけれど、ぴりりと乾《かわ》いた風を頬《ほお》に受けて歩くのが、白火は案外嫌《きら》いではない。すぐに手足から冷えてしまうのが難点だけれど動けば身体は温まるし、冷たい風を全身に受けて歩くのは気持ちが良い。夏の風と違《ちが》って湿度《しつど》が少ない風に、白火の頬が林檎《りんご》のように赤く染まる。冷たく心地《ここち》よい風に、悩《なや》みも少し忘れられるような気がした。

「ここだ」

蒼馬や有楽に案内されたのは柚木座《ゆきざ》の蔵で、敷地《しきち》内には入りきらない分を、こうして少し離《はな》れた場所にある商家の蔵を借りて保存しているらしい。敷地内にもいくつか蔵はあるし、それでもしまいきれないなんて、どれだけたくさん持っているのか、と白火などは感心してしまう。

衣裳《いしょう》は用途《ようと》ごとに違う蔵にまとめてあって、管理は織物問屋に任せているという。有楽たちが織物問屋の主人と挨拶《あいさつ》を交《か》わしている間に、蒼馬は白火を連れて一足先に蔵へ入った。

重い扉《とびら》を軋《きし》ませて開いても、中が思ったほど埃《ほこり》っぽくなかったのは定期的に掃除《そうじ》されているからだ。

蒼馬が、大きく開けた扉に更《さら》に木切れを挟《はさ》んで絶対に閉まらないように細工する。

「蒼馬さま、そんなに開け放したら風が入っちゃいますよ」

蔵は奥が行き止まりなので風が通らない分、埃の逃《に》げ場がない。衣裳のことをつい案じてしまう白火だったが、蒼馬の心配事は他にあったらしい。蒼馬が、白火の頭の上にぽんと手を置いて言う。

「こうしておけば、絶対に閉じ込められるようなことはないだろう。俺たちもいるから、安心しろ」

さりげなく耳打ちされて、白火はびっくりしながらも蒼馬の気遣《きづか》いを理解した。

――そんな細かいことまで、気遣ってくれるなんて。

永観座の蔵に一晩閉じ込められて苦しい思いをしたばかりの白火のために、わざわざ戸を開け放ってくれているのだ。豪快《ごうかい》なようでいてその実蒼馬の気配りは細かい。特に白火に関《かか》わることには、とことんまめになる。

「ありがとうございます、蒼馬さま。蒼馬さまも一緒ですし、心強いです」

にっこりと微笑《ほほえ》んで蒼馬を見上げると、蒼馬は少し驚《おどろ》いたように目を瞠《みは》り、それから満足そうに目を細めて腕《うで》まくりをした。白火も紐《ひも》を取り出して袖《そで》をたすき掛《が》けにする。

「よし。それじゃあ、始めるとするか」

「はい！」

先日も掘《ほ》り出し物の『童子《どうじ》』の面を購《あがな》ったように、白火は衣裳や小物を見るのが好きだ。柚木座の蔵ともなればおもしろそうなものがたくさんあるので、気分も引き立つ。宝探しにでも来たような気分だ。

舞台《ぶたい》に用いる装束は、使い捨てにするようなものではない。普段《ふだん》に使うようなものでもない。技《わざ》の限り、豪奢《ごうしゃ》の限りを尽《つ》くしたものを大切に大切に使い、保存して、使用するときにまた手を入れて。

時間を重ねて、大事に扱われてきたものばかりがしまいこまれているから、蔵の中の空気はどこか古びて優《やさ》しい。

「おーい、蒼馬」

有楽たちも挨拶を終えて戻《もど》ってきた。隼人や祐《たすく》たちもどやどやと入ってきて、一気に蔵の中の密度が高くなる。冬は日の落ちるのが早いから、明るい午前中が勝負だ。

「おお、久しぶりに来るな。ここは女物が多いんだったか、蒼馬？」

「ええ。ていうか太夫《たゆう》、行方《ゆくえ》を眩《くら》ます前に鍵《かぎ》をなくしたでしょう。付け替《か》えたんですよあれから。黙《だま》っていなくなるのはまあ勝手ですが、鍵の管理くらいしっかりやっておいてください。まったく、すぐになんでもなくすのは昔からですね」

「なーんのことかな。そんな昔のこと、覚えておらんわい。俺も忘れっぽくなったなあ。寄る年波には勝てんな」

とぼける有楽に、蒼馬がにっこりと返す。

「たかだか数年前の話でしょう。そんなに忘れっぽくなったのなら心配ですから、今夜から酒を出さないようにしましょうか、太夫？」

「何を言う。酒は百薬の長だぞ!?」

頭の上で交《か》わされる遣《や》り取りを聞きながら、白火はついくすくすと笑ってしまった。

蒼馬と有楽の会話は、黙って聞いているのが一番楽しい。父親代わり、保護者代わりの有楽に蒼馬は弱いようだし、有楽も蒼馬をからかって遊んだり、逆にやり込められて子供のように白火に助けを求めたりする。白火は有楽から、蒼馬の子供のころの話を何度か聞いた。蒼馬にはもちろん内緒《ないしょ》だ。

もともと弟子《でし》を取らない主義だった有楽のもとへ、子供のころの蒼馬が強引《ごういん》に押しかけてきたそうだ。思い切りよく大胆《だいたん》な性格は昔から変わっていないらしい。

「おいこら白火、笑ってないで捜《さが》せ。さっさとしないと日が暮れる」

「はーい！」

照れくさそうな顔をした蒼馬に額をこつんと小突《こづ》かれ、白火は葛籠《つづら》のほうへ走り寄った。

「使えそうなものは片《かた》っ端《ぱし》から取りのけておけ。吟味《ぎんみ》はあとでやるからな」

「はい。女物はとりあえず紅《いろ》入りと――縫箔《ぬいはく》と長絹《ちょうけん》……で、足りますか？」

「長絹は白もな。大口袴《ばかま》も良いものがあったら出しておいてくれ。裾《すそ》が傷《いた》んでるようなのが多そうだけどな」

「わかりました。見てみます」

手分けして、目についた葛籠から開けて中を確かめていく。虫除《むしよ》けに入れている檜《ひのき》のかけらの匂《にお》いが立ち上る。

「それにしても、見事なものだね」

白火のそばで葛籠を開けていた一陽が、感嘆《かんたん》したように吐息《といき》を零《こぼ》した。

天覧能は敷居《しきい》が高すぎるから、白火の応援《おうえん》だけをして表向きは一切関《いっさいかか》わらないつもりだったのに、蒼馬と有楽のふたりがかりの説得で、あれよあれよというまに一陽も表舞台《おもてぶたい》に引っ張り出されてしまった。もちろん、白火が心配だったということもある。

役者として非常に名誉《めいよ》なことだと思いはするが、一陽は生来能のこと以外には無頓着《むとんちゃく》なところがあるので、あまり浮《う》き足立ってはいない。

その落ち着き払《はら》った様子が、白火には頼《たの》もしかった。

「――日輪座《うち》と、較《くら》べるほうが失礼なのだろうけれどね。こうも違いを見せつけられると、正直参るな……」

しなやかで手に吸いつくような絹の手触《てざわ》りを、今まで一陽は知らなかった。衣裳にしても木綿《もめん》を砧《きぬた》でつややかに見えるよう打つのがせいいっぱいで、新しい衣裳などそれこそ数年に一度買えるかどうかの暮らしだった。

京に来て、生活は随分《ずいぶん》と楽になったけれども柚木座とは根本からして違うのだと思い知らされる。こんな装束が手もとにあったら、食うや食わずの生活の中でいくばくかの金子《きんす》と引き替えに売り払ってしまっていたかもしれない。

自分の血をわけた娘《むすめ》が、こういう座で舞《ま》えるようになったのかと思うと感慨《かんがい》深い。一陽自身は清貧を好んで贅沢《ぜいたく》を望む気持ちはないが、白火には幸せになってほしい。身勝手かも知れないが、それが父親としての真実だ。

しみじみと物思う一陽の傍《かたわ》らに、白火がこそっと身をすり寄せる。

「父さま父さま。これ見て」

甘えるように話しかけてくる無邪気《むじゃき》なしぐさは、子供のころからほとんど変わっていない。

幼いころ怖《こわ》い夢を見ては怯《おび》えて泣いていた白火は、一陽の腕の中でだけはぐっすりと安心して眠《ねむ》ることができた。

「これを着て本番って、オレ、あんまり考えたくないんだけど……」

白火が、手にした装束を一陽に広げてみせる。

生地《きじ》の上に特殊《とくしゅ》な糊《のり》をつけ、金箔銀箔《きんぱくぎんぱく》をあしらったものが摺箔《すりはく》。それに更に刺繍《ししゅう》も加えて絢《けん》爛豪華《らんごうか》な仕立てにしたものが縫箔だ。これ一着分の費用で、白火なら一年は遊んで暮らせるかもしれない。

「そうだなあ。どう丁重《ていちょう》に扱《あつか》おうとしたって裾は擦《す》り切れていくだろうし、使えば生地も傷むしね」

「でしょう!? そこのところの感覚はやっぱり父さましかわからないよね。蒼馬さまたちってすごく豪快なんだよ。こういうの、普通《ふつう》に使えって言うんだ。オレなんて、見ているだけで気が遠くなりそうだ」

見ている分には楽しいし、舞うときはそんなことは考えないが、終わったあとの修繕《しゅうぜん》やそれにかかる費用などを考えると、開き直るのも難しい。高価な衣裳《いしょう》は、ほつれを繕《つくろ》う絹糸ひとつ取ってみても高級品ばかりだ。

「あ、これ綺麗《きれい》。わ、こっちはすごい刺繍！ 父さまこれこれ、これちょっと変わってて綺麗だ！　掻練《かいねり》の上に、こっちの紗《しゃ》の単衣《ひとえ》を重ねて着るみたい。遠くから見たら、すごく不思議で綺麗だろうね」

ぶつくさ言いながらも、白火が楽しそうに装束を選んでいく。ほとんど鼻歌混じりだ。こんなに上機嫌《じょうきげん》な娘を見たのは久しぶりで、一陽は目を細めたが、ふと違和感《いわかん》に気づく。

——なんだ……？

まるで白火が、無理をしてはしゃいでみせているような。

一陽は、ほのかに眉間《みけん》に皺《しわ》を寄せた。

——何か、あったな……。

——風も暮れ行く雲の端《は》の　梢《こずえ》も青き秋の色
今こそ秋よ名にしおふ　春は花見し藤《ふじ》の森
（「融《とおる》」より）

実在の人物、源融《みなもとのとおる》を主役にし、もの悲しい秋の光景をどこまでも美しく描《えが》き出した『融』は、蒼馬が心を落ち着けたいときによく舞う舞いだ。ちろちろと燃え続ける太陽がゆらゆら揺《ゆ》れながら溶けて暮れるさま、薄野原《すすきの》を撫《な》でゆく秋風、苫屋《とまや》から立ち上る細い煙《けむり》の秋の情景。

普段華《ふだんはな》やかな演目を担当することが多いが、蒼馬は能舞の本質でもある『寂《じゃく》』をきちんと把《は》握《あく》している。

心を静め舞いに没頭《ぼっとう》し、蒼馬は考え事に集中していく。

真夜中の稽古場《けいこば》は蒼馬の貸し切りだ。皆《みな》が休んでいる頃《ころ》に、蒼馬はひとりで稽古《けいこ》をする。日中に稽古の時間を割《さ》けないせいもあるが、夜は大抵《たいてい》蒼馬の味方だ。静かだし、集中できていい。余計な物音が一切《いっさい》聞こえない。

蒼馬の稽古は静かで苛烈《かれつ》だ。

派手やかな舞台《ぶたい》とはまた違《ちが》う、秘《ひ》めた情熱が凝《こご》る。稽古場は役者にとっての戦場だ。舞台が喝采《かっさい》を浴びる華《はな》やかな表なら、地道に汗《あせ》を流《なが》して積み重ねる稽古は裏の顔だ。他人には見せない。

舞いながら考えることはただひとつ。

——白火の様子が、最近おかしい。

心当たりといったら、思い当たるものはひとつしかなかった。

何せ、あの白火だ。

舞いさえ舞っていられれば他《ほか》には何もいらないようなあの少女が、躊躇《ためら》いがちに、「『颯佐』

をやらなくてはだめか」と言ってきたのだ。やりたくないのなら、何かわだかまりがあるのならそれをすなおに言えばいいのに、白火は言わない。

遠慮《えんりょ》がちにとはいえだいぶ甘えるようになってきたし、隔《へだ》てもなくなってきたように思っていたのだが、どうやらそれは蒼馬の思い過ごしだったらしい。根本的なところで、白火はまだ蒼馬に頼《たよ》り切っていない。不満ではあるが、それを強制することもできない。白火の心は白火のもので、蒼馬がどうこうできるものでもない。

夜が更《ふ》けていく。そろそろ『颯佐』の稽古と同時にもうひとつ、蒼馬は重大な問題を片付けなくてはいけない。

白火の籍《せき》。

基本的に役者に貴賤《きせん》はないと言っているし氷見直々の命令なのだからこのままでも不都合はないのだが、蒼馬の胸にはとある野望が渦巻《うずま》いている。

——白火を、もう誰《だれ》にも不当に侮《あなど》らせはしない。

女の身だというだけで白火がなめてきた辛酸《しんさん》は、今までの蒼馬には想像することしかできなかったが、その片鱗《へんりん》は先日目《ま》の当たりにした。永観座によって、白火は恋《こい》を棄《す》てるところまで追い詰《つ》められた。

あのときのことを、蒼馬は決して忘れていない。

あのようなことを二度と繰《く》り返さないためにも。

天覧能を成功させ稀代《きたい》の舞い人として、そして脚本《きゃくほん》も書ける役者として、あらゆる位置から白火を押し上げる。たとえ柚木座《ゆきざ》の支援《しえん》がなくても、陥《おとしい》れられることのない地位に。白火が自身の力で身を守れるように。その舞いの才能を不当に曇《くも》らせることのないように。

本心としては、蒼馬もそう余裕《よゆう》がない。

本当ならば、いやがろうとも泣き喚《わめ》こうとも白火を無理矢理《むりやり》柚木座に移籍《いせき》させて、蒼馬の庇《ひ》護《ご》のもとに収めてしまいたいくらいなのだ。それを実行するだけの力も蒼馬にはあるし、義もある。日輪座ではどうしたって白火の後見はできない。それどころか足を引っ張るだけだ。

ただ、実際に無理矢理やると白火が泣くから。

それがわかっているから、蒼馬としても強引《ごういん》に話を進めるどころかこの話を切り出すことさえできないでいる。

苦い微笑《ほほえ》みが口《くち》の端《はし》に滲《にじ》む。


「俺が、こんなに振《ふ》り回されるなんてな」

翌日の夜、白火は蒼馬の時間の空きを見て、男舞《ま》いの稽古をつけてもらっていた。

天覧能で白火は、『田村』を披露《ひろう》する予定になっている。そのためには日々練習だ。今まで苦手だと敬遠していた舞いでもあるので、その分稽古を積んで自信に変えておく必要がある。

ふたりきりでの稽古は久しぶりだ。座員たちはほとんどが小物の蔵出《くらだ》しに出払《ではら》ったままだ戻《もど》らず、稽古場が閑散《かんさん》としている。

――人皇五十一代
平城《へいぜい》天皇の御宇《ぎょう》に有りし
坂上の田村丸《たむらまる》
（「田村」より）

「だいぶ出来上がってきたな」

白火の舞いを見て、蒼馬が満足そうに頷《うなず》く。以前注意したことはきっちり守っているようだ。

「本当ですか!?」

「思い切りが良くなってきた。ただし、切るところは思いっきり切れ。まだ甘い。少しでも躊躇うとすぐに所作に出るぞ」

「はい。やっぱり、女舞いとは全然感覚が違うんですね……やりすぎてばさばさした感じになるのもいやですし」

「まあ、今の感じなら大丈夫《だいじょうぶ》だろう。あとはもう、稽古を重ねて身体で覚え込め」

「はい」

「あと足捌《さば》きで気になったのが――」

細かいところを直しながら、白火は横に立つ蒼馬をちらりと見上げた。

蒼馬の舞いは押し出しが強くてとにかく求心力が強い。堂々とした佇《たたず》まい、見事な体躯《たいく》、凛々《りり》しい風貌《ふうぼう》で一瞬《いっしゅん》にして観衆を惹《ひ》きつけ、そこへ実力にしっかりと彩《いろど》られた舞いが続く。

蒼馬の舞いは、極上《ごくじょう》の酒に似ているのかもしれない。目にした瞬間《しゅんかん》から心地《ここち》よい華やかな酩《めい》酊《てい》に酔《よ》う。

しっかりと鍛《きた》えた男性の体つきでありながら、蒼馬にはむさ苦しさがない。しなやかな大人の男の、豹《ひょう》のような強い色気が常に漂《ただよ》っているが、女舞いを舞うときはこれが一気に妖《あや》しい女性へと変化する。

その違いの出し方なども見習いたい、憧《あこが》れの人であることには変わりないのだけれど。

抱《だ》き締《し》められると安心してしまうほど心地よい長い腕《うで》と、大きな手。引き締まって端正《たんせい》な横顔に、少し薄《うす》めの唇《くちびる》。

――やっぱり、蒼馬さまって格好いいなあ……。

ぽつっと舞いのことに関係なしにそんなことを考えてしまい、次の瞬間白火はぽぽぽっと盛大に赤くなった。

「ん？　どうした白火？　集中できないか？」

不意打ちのように間近に顔を覗《のぞ》きこまれ、なんだか訳のわからない汗まで噴《ふ》き出してきて、白火はあわあわと狼狽《うろた》えた。

「な、なんでもないですっ。汗かきました！」

稽古場の隅《すみ》に放《ほう》り出してあった手巾《しゅきん》を取り、慌《あわ》てて顔を隠《かく》す白火を不思議そうに見、蒼馬はここ数日ずっと考えていたことを口にする。

「なあ」

青が基調の舞扇《まいおうぎ》を、すっと閉じる。特注品のこの舞扇は、通常のものよりも少し大きい。

「お前、移籍するつもりはないか？」

「……え？」

――移籍。

白火の脳裏《のうり》をよぎったのは、永観座から来たあの文だった。白火は咄嗟《とっさ》に懐《ふところ》の合わせ目を押さえる。

不意を突《つ》かれて、こめかみがずきずきする。

――蒼馬さま、知ってた……？

永観座から、移籍の誘《さそ》いが来たことを。

――知ってて、黙《だま》ってた……？

ということは蒼馬も、白火の移籍に賛成なのだろうか。

――そんな……！

そして、唐突《とうとつ》に気づいてはっとする。

桜能の春以降、蒼馬は白火に柚木座への移籍を勧《すす》めてこない。一時期は、それこそ口癖《くちぐせ》のように言っていたのに。

――もしかして、オレが、永観座に移ったほうがいいと思って……？

思いついた考えに、自分自身で衝撃《しょうげき》を受ける。

生粋《きっすい》の舞《ま》い人である蒼馬なら。

白火の舞いが柚木座より永観座のほうが似合うと考えたら、迷うことなく移させるだろう。

白火はずっと気になっていた。静凪の去り際《ぎわ》のあの一言。あれが呪《のろ》いのように身体《からだ》にまとわりついて締めつけていて、今まさにこの瞬間牙《しゅんかんきば》を剥《む》いた。

『貴女《あなた》は、永観座に在るべき人だ』

そういうこと、なのだろうか。

すべては幹部たちの間で決まってしまっていることなのだろうか。

白火の意志は、関係ないのだろうか。白火は、もう柚木座には必要なくて。

受けた衝撃の大きさに、頭がくらくらする。

「蒼馬さま、ずっとそう思っていたんですか……？」

永観座に移ったほうがいいと。

声が情けなく震《ふる》える。

「ああ。最初から考えてはいた。まあ、お前の気持ちが肝心《かんじん》だから無理強《むりじ》いするつもりはないが……そろそろ頃合《ころあ》いかと思ってな」

「…………」

何故《なぜ》、今。

「天覧能には、相応の身分が必要になる。色々と綺麗《きれい》事では済まされない行事だし、お前が客演の形だと少しやりにくい」

蒼馬の言っている言葉の意味など摑《つか》めず、声は頭の中を素通《すどお》りしていく。冷静になれば白火も、少しおかしいと気がついたはずだ。白火の言い分と蒼馬の言い分、双方にとんでもないずれが生じている。

だが、今はすっかり惑乱《わくらん》してしまって気づかない。気づけない。白火は、ふるふると首を振る。

――そんなことを聞きたいんじゃない。

聞きたかったのは白火を引き留めてくれる言葉だけで、それは蒼馬からはもう与《あた》えられないことを白火は悟《さと》る。

甘えは、許されない。

もう言葉を発することもできない。うつむいて、唇を嚙《か》み締めていないと今にも喚《わめ》きだしてしまいそうだ。

いやだ、と。

ずっと、柚木座《ゆきざ》にいたいのだと。

――蒼馬さまのそばに。

永観座にいたときに白火は、蒼馬と離《はな》ればなれになるつらさを思い知り、だからもう二度と離れたくないと心に刻んだ。あれは、白火だけの想《おも》いだったのだろうか。

「白火お前、何をそんな悲愴《ひそう》な顔をしている。俺は別にいじめているわけじゃないぞ？」

白火の顔を覗きこんだ蒼馬が苦笑《くしょう》するが、白火はもう笑えない。蒼馬の真意がわからない。

白火を離さない、逃《に》がさないと言ってくれたのに、今はもう違う。

琥珀《こはく》の瞳《ひとみ》で縋《すが》るようにじっと見つめると、強い視線が返ってきた。恋人《こいびと》の優《やさ》しい眼《め》ではなく、冷静な若太夫《わかたゆう》の——大人の眼だ。

ぶつかり合うような眼差《まなざ》しの強さに、白火が無意識のうちに一歩あとずさる。すかさず蒼馬がその間合いを詰《つ》めた。

「そろそろわかっているだろう白火。お前は、日輪座では手に負えないんだよ。永観座太夫にも認められたほどの舞い手が、あの座で扱《あつか》いきれると思うか？　一陽太夫の後が育たず、天輪の成長を待っているようなあの座が」

根本のところから見事に擦《す》れ違っていたのだけれど、二人は互《たが》いにそれを知らない。知らないままに突き進んでいく。けれど蒼馬の言うこともまた紛れもない事実だ。

よく言えば欲《よく》のない、悪く言えば先行きのないあの座に戻《もど》れば、白火はもう今までのようには舞えない。自由の翼《つばさ》を萎縮《いしゅく》させ、あるいはもがれて地に堕《お》ち、日輪座にとっても白火は重荷となるだろう。

白火を舞《ま》わせるために。

そもそも柚木座と日輪座とでは、雲泥《うんでい》の差がある。

白火は蒼馬に保護されて桜能以降柚木座に滞在《たいざい》しているが、そのほかの日輪座の座員たちは、蒼馬から招待されたりしない限りは顔を出そうとしない。白火の肉親である一陽や天輪でさえそうだ。

いるせいだろう。

蒼馬と一緒《いっしょ》にいることに慣れてしまった白火と違い、彼らにはこの差がはっきりとわかって
いる。

同じ芸人であろうとも、同じ世界を生きる人間ではない、と。

その違いを、世の仕組みとからくりを、そろそろ白火も知ってもいいころだと蒼馬は考えて潔癖《けっぺき》なところがあるから呑《の》み込むまでに時間がかかるかもしれないが、知らないよりは知っていたほうがいい。白火の清らかさはその程度で泥《どろ》にまみれるようなものではないし、傷つくようなことがあったら全力で守り通すと決めている。

「あの座は柚木座とは違う。また戻ることになるぞ。その日暮らしの生活に、夜ごとの酒の相
手」

蒼馬のその説得が、己の殻《から》に閉じこもってしまった今の白火には届かない。

——それならばいっそのこと永観座へ行けと、そういうことか。

がつんと、頭を殴《なぐ》られたような気がした。それならすべてが納得《なっとく》できる。

要するに、蒼馬にとってはもう白火は足手まといなのだ。

「お前はもう、京中で女だと知られているからな……今までのようにはいかない」

——いつまでも、このままでいられるとは思っていなかったけれど。

それは白火の戯言《たわごと》で。

現実はもっと早く、もっと険しかった。

「や……」

白火の手首を蒼馬が摑む。追い詰める光は、その黒檀《こくたん》の双眸《そうぼう》にはなかった。ただ案じる色だけが浮《う》かんでいた。

「いや……！」

「お前はもう、日輪座にいても何の利点もないんだ。だから白火」

わからない。蒼馬が何を言っているのかわからない。

わかりたくない。

「護《まも》るためには、必要なことなんだ。白火」

無意識のうちに逃げようとするのを許さず、胸の中に引き寄せる。小さな頭を抱《だ》き寄せて告げる。

「言うことを聞け。面倒《めんどう》な手続きは俺がやる。手間はたいしてかからない。日輪座も文句は言わないはずだ」

金のかからない小さな興行しか打てない日輪座では、白火を扱いきれない。だから早く移籍《いせき》しろ、とかき口説かれて。

互いの意思が微妙《びみょう》なところで擦れ違ったまま、白火の必死の我慢《がまん》ももう限界だった。

唐突に膝《ひざ》から崩《くず》れ落ちる。

「おい？」

しゃがみこみ、顔を両手で覆《おお》って白火が呻《うめ》く。泣き声を懸命《けんめい》に押し殺して。

「う〜…………っ」

顔を覆った手のひらの隙間《すきま》から、迸《ほとばし》った涙《なみだ》がこぼれ落ちる。

こんな蒼馬は知らない。

白火から、一番大切な場所を奪《うば》い取る。突《つ》き放す。

突き放されること、置いていかれることが何より苦手な白火にこれはつらかった。

頭の中をぐしゃぐしゃにかき乱される不快さに、かすかな吐《は》き気まで覚えて白火は口もとをきつく引き結ぶ。

無理矢理《むりやり》。

昔から無理矢理言うことをきくように金子《きんす》をちらつかせて強要されたり、時には攫《さら》われて閉じ込められたり。

そういう目に遭《あ》うことが多かった分、白火は何かを強制されることに生理的な嫌悪《けんお》感《かん》が強い。

蒼馬のこの強引《ごういん》さは、今の白火にとってはほぼ裏切りに近かった。

信頼《しんらい》していたからこそ。

誰《だれ》よりも心を許していたからこそ。

唐突《とうとつ》すぎる裏切りに、心がついていかない。

ぼろぼろと、熱い涙が頬《ほお》を焼いていく。視界がぼやけて、蒼馬の顔すらもう見えない。

「何もそんなに泣かなくても……別に、日輪座と縁《えん》を切れと言っているわけじゃないぞ？　何も変わらない。何も変わらないんだから、そんなに怖《こわ》がることはないだろう」

ふるふるふる、と白火は首を横に振《ふ》る。

嘘《うそ》だ。

変わる。

——オレが永観座に移ったら、きっと、今までみたいに蒼馬さまには逢《あ》えない。

蒼馬はきっとそれがいやでも寂《さび》しくもない。

この人は、強い。

白火とは全然違う。その隔《へだ》たりが寂しい。悲しいくらいに白火《じぶん》は子供だ。

蒼馬が、面食《めんく》らったような顔をして指先で白火の涙を拭《ぬぐ》った。

「そんなふうに泣くなよ……参ったな。お前に泣かれると弱いんだよ、俺は」

嘘つき。

嘘つき。

言葉はもう声にもならない。

泣きむせぶ白火を、蒼馬が困り果てたように抱き締《し》めていた。

「いい子だから泣き止《や》め。な？」

あやすその優しさが、今となってはつらいだけだった。

「――答えを出すまで、ひとりにして下さい……！」

白火は、蒼馬の腕《うで》を突き飛ばして走り出した。

寝支度《ねじたく》を整えた一陽は、ふとその気配に気づいて柔《やわ》らかく微笑《ほほえ》んだ。

「……そうやって俺のところに来るのは久しぶりだな」

襖《ふすま》の向こうの暗く寒い廊下《ろうか》で、部屋の中の様子を気にして躊躇《ちゅうちょ》する気配がある。

愛《いと》しい、忘れ形見の。

こういうところが、白火は母親とそっくりだ。

――颯佐《あれ》も、言いたいことがあってもなかなか言い出せずに、よくああやって俺の様子を窺《うかが》っていた。

「おいで、白火。そんなところにいると身体が冷えてしまうよ」

声をかけると、襖がそっと細く開かれた。

おずおずと、白火が顔を覗《のぞ》かせる。その頬と目尻《めじり》が赤く腫《は》れていることに気づいて、一陽はかすかに目を眇《すが》めた。

泣いていたのだろうか。まだ目尻に涙の粒《つぶ》が残って光っていた。

「父さま……ごめんなさい、こんな時間に。もう寝《ね》るところだった？」

敷《し》かれた褥《しとね》を見て、白火が気にする。その身にまとう、ひんやりとした冷気が部屋の中にまで漂《ただよ》った。

この時間に日輪座《こ》まで歩いてきたのなら、身体が冷えていて当然だろう。ひとりで来たのだろうか。

一陽は小さな火鉢《ひばち》の前に座り、消していた炭火を再び起こした。柚木座《ゆきざ》からここまでは、近い距離《きょり》ではない。冷え切っているだろう白火の身体を暖めてやらなくては体調を崩してしまう。

「いいや。そろそろ休もうとは思っていたけど、少し早いせいか、なかなか寝つけそうになくてね」

ぽ、と音を立てて炎《ほのお》が灯《とも》る。薄暗《うすぐら》い部屋に火がひとつ灯るだけで、部屋の温度がぐんと上がる気がする。

「ここに座りなさい」

茣蓙《ござ》などはないから、褥を指差す。じかに床《ゆか》に座ったりしたら腰《こし》が冷える。白火はこくりと頷《うなず》いて腰を下ろした。

「これを羽織って」

一陽が、褥の上にかけてあった綿入りの着物を羽織らせる。濃《こ》い灰色に黒地の縦縞《たてじま》の男物だが、何もないよりはましだろう。綿が入っている分他《ほか》の着物より温かい。

「天輪、父さまと一緒《いっしょ》に寝ていないの？　姿が見えない」

「最近は男部屋で寝ているんだよ。前は俺か朧《おぼろ》にくっつきっぱなしだったがね。矢涼《やりょう》がいるから安心しているんだろう。なんだかんだ言って、矢涼が兄代わりのようなものだからな。怖い夢を見ると、相変わらずここまで飛んでくるが」

「オレと同じだ」

白火も昔、怖い夢を見るとよく一陽の褥に潜《もぐ》りこんだものだ。父の腕の中は、そこにいるだけで安心できた。あの絶対の安心感は、大きく育つにつれていつしか忘れてしまったように思う。思い出せば、こんなにも温かいものなのに。

「そうだな。……よく似ている。やはり血かな」

一陽が目を細める。あの悪夢に怯えて泣きじゃくっていた子供が、今では天覧能を望まれるほどになったとは。

火鉢の中の火がぱちぱちと小さく音を立てる。

じっと火鉢の火を眺《なが》めている白火の横顔を見、一陽は小さく首を傾《かし》げて両手を広げた。

「白火。抱《だ》っこするか？」

「ええ!?　父さま、何言ってるんだ」

驚《おどろ》きのあまり白火が大きな声を上げる。

「だってお前は昔っから、怖い目に遭ったり悲しいことがあったりしても、抱っこしているとすぐに眠《ねむ》りこんだじゃないか。ほら、おいで」

「それは昔の話でしょう！　オレ、もう十六歳だよ!?」

「え？　ということは俺はもう、白火を抱っこできないのか……？」

あまり表情には出ないが、ひそかに一陽は激しい衝撃《しょうげき》を受ける。

「……まだまだ子供だとばかり思っていたのに」

白火が初めての子供だけれど、一陽は子育てに関与《かんよ》してきたとは言えない。むしろ、舞《ま》いの稽古《けいこ》をつける以外のときはどう接していいのかわからず、座の大人たちに委《ゆだ》ねてしまった。一陽自身、家族のぬくもりを知らずに育った。それでも白火も天輪も父親のぬくもりに包まれて育った。他人と寄り添《そ》うことが温かいことだと初めて一陽に教えてくれたのは、颯佐だ。

「びっくりした……父さま、時々変だよね」

「そうか？」

「稽古のときは厳しいのにね」

一陽は昔から白火を、一人前の役者として扱《あつか》った。だから甘やかされることはなかったし、稽古自体は厳しかったと思う。そのおかげで、基礎《きそ》がしっかりできていることを今の白火は感謝している。きっちりとした基礎と経験は、金子《きんす》では買えない貴重な財産だ。

「天覧能の稽古は進んでいるか？　こんな時間にひとりで帰ってきて、蒼馬どのと喧嘩《けんか》でもしたのか？」

起伏《きふく》があまりなく平坦《へいたん》に喋《しゃべ》るけれど、その奥にうねる感情は誰《だれ》よりも深く強い。

いつもと変わらない父親の声に白火はだんだん落ち着いて、瞳《ひとみ》の奥の涙《なみだ》が引っ込んでいく。

「……違《ちが》うよ」

「そうか」

「うん」

もともと、口数の多い親子ではない。白火は、ぽつりと呟《つぶや》いた。

「ねえ父さま」

「うん？」

「オレは、日輪座の白火だよね？　日輪座にいていいよね？」

永観座に移るくらいなら、このまま日輪座にいたい。文のことは、一陽にも告げていない。

ああ、と納得《なっとく》したように一陽が軽く目を瞠《みは》った。

「移《い》籍《せき》の話か？」

蒼馬から、そして有楽から。

話は聞いている。一陽自身、ずっと迷い続けてきたことでもある。

「――蒼馬さまが、移ったほうがいい、って」

「だろうねえ……」

一陽は永観座の件は知らないが、それでも白火が日輪座にい続けるのは世《せ》間体《けんてい》も悪いことだとわかっている。白火の言葉の裏の迷いと戸《と》惑《まど》いには気づかない。

日輪座と柚木座は格が違う。白火は本来ならば、天覧能の舞《ぶ》台《たい》など踏《ふ》める身分ではない。今回それが叶《かな》ったのは、氷見から直接の指名があったからだ。

柚木座や永観座のように特権を得ている特殊《とくしゅ》な芸人たちはほんの僅《わず》かで、あとは一陽たちのようにぎりぎりの暮らしをしている者がほとんどだ。

白火のためを思うのなら、移籍させたほうがいい。それはわかっている。いやというほどわかっている。

「籍はまだ日輪座《うち》にあるが……」

籍と呼んでいるがそれはあくまで便宜上《べんぎじょう》のようなもので、実際に個人を縛《しば》りつけたり拘束《こうそく》するような力は基本的にはない。あくまで口約束のような不文律ではあるが、芸人はこの籍をとても大切に扱い、決して無下にはしない。この掟《おきて》を守らない者は、芸人として認められない。礼儀《れいぎ》を知らない者など、舞台にはふさわしくないからだ。

籍を置いている座の名を、芸人は常に誇《ほこ》りを抱《いだ》いて口にする。家のような、心の拠《よ》り所として。

「でしょう？　オレ、ずっと日輪座にいていいんだよね？」

縋《すが》るような目を向けられる。

ここで、突《つ》き放したほうがいいのだ。

白火のためを考えるなら、非情にでも柚木座に移籍させたほうが、ずっと良い。

白火も、太夫《たゆう》である一陽に命令されれば従わざるを得ない。日輪座に籍を置き続けるというのなら、白火はこの小さな座へ戻《もど》ってこなくてはならない。天輪が育って若太夫となるまで座を背負い、一陽と共に苦労をして座の存続と生活に追われ、みすぼらしい衣裳《いしょう》で辻《つじ》興行を繰《く》り返して。

「――それは」

狡《ずる》い男だと思った。自分は卑怯《ひきょう》な父親だ。

この子がどう言ってほしいのか、自分がどうするべきなのかをわかった上で、明言を避《さ》ける。父親失格だと思った。

「俺の決めることじゃないだろう、白火」

「父さま……？」

白火の頭を、乾《かわ》いた手でそっと撫《な》でる。幼いころそうしていたように優《やさ》しく、何度も何度も。母親そっくりな手触《てざわ》りの長い髪《かみ》を。

「お前は今まで日輪座に縛りつけてしまったからね……お前が一番幸せになれる方法を考えなさい」

白火の望むように。白火がしたいように。

優しさに見せかけてその奥で、父親になりきれない己《おのれ》の未熟さを謝る。人付き合いに慣れていなくて、肝心《かんじん》のところで逃《に》げてしまう一陽を、颯佐は若いころよく叱《しか》り飛ばしてきたものだ。

その最愛の妻ももういない。

かすかな物音を聞きつけて廊下《ろうか》で様子を窺《うかが》っていた矢涼は、そのすべてを聞いていた。

少なからず、その内容に驚きを隠《かく》せない。

——移籍だと？　白火が、日輪座ではなくなるというのか……？

一陽にはその心づもりが多少あったとしても、矢涼にとっては寝耳《ねみみ》に水だ。怪我《けが》の治療《ちりょう》以降白火が柚木座《ゆきざ》暮らしになっても、いつかは戻ってくるものだと信じて疑わなかった。ここは、白火が生まれ育った一座なのだから。

「矢涼……？　どうしたの？　何かあったの？」

眠たそうな顔をした朧が廊下の突き当たりから、不思議そうに足を止めている。水でも飲みに起きたのだろうか。

「いや……その……」

自分自身でもよくわからないものを朧にどう説明したらいいかわからず、矢涼はあえて口を噤《つぐ》んだ。

結局一陽の部屋で眠ってしまい、朝になって白火は稽古が始まる前に柚木座に戻ることにした。朝稽古に遅《おく》れるわけにはいかないので、朧や天輪にも挨拶《あいさつ》できずじまいだ。

「オレの望むように、か……。父さまらしい」

朝の光は淡《あわ》く白く、そして冷たい。

身体《からだ》の芯《しん》までちりちりするほど冷たい空気を吸いこむと、一気に目が覚めていく。ふ、と息を吐《は》いて、白く凍《こお》るさまを見て少し心が和《なご》む。

一陽が引き留めてくれなかったことは、思ったほど衝撃ではなかった。

心のどこかで、一陽の答えを予測していたからかもしれない。誰に指摘《してき》されなくても、白火が一番よくわかっている。今の白火は、実質的にはすでに日輪座の座員ではない。

移籍したからといって、日輪座との付き合いが絶えるわけではない。今まで通り休みには通って、天輪たちと一緒《いっしょ》に遊ぶこともできるだろう。

「──潮時って、こういうときのことを言うのかな」

永観座のことが嫌《きら》いなわけではない。あの誇り高い舞《ま》い人たちに認められたくて、井澄に認められたくて、今でもその気持ちは変わっていない。

だから、移籍を申し出られたことは白火としては喜ぶべき状況《じょうきょう》なのかもしれなかった。けれど白火は喜べない。

あの座には、蒼馬がいない。白火の羽根を思いっきり伸《の》ばして、伸び伸びと舞《ま》わせてくれるあの腕《うで》がない。

──オレ、こんなに弱い人間だったんだな。

舞いも、恋も。

家族も、大切な人たちも。

すべてを手放したくはないし、そこから離《はな》れたくない。

——ずっと、蒼馬さまが護《まも》ってくれていたんだ……。

護られていることに気づかないほどさりげなく、大切に護られてきたことにやっと気づく。

広い胸の中で子供みたいにただ大事に護られているのはぬくぬくと心地《ここち》よくて、ずっとこのまま微睡《まどろ》んでいたかったような気もするけれど。

いつまでも、子供のままではいられない。

「——大人に、ならなくちゃな。いつまでも護ってもらってばかりじゃ情けない」

白火は、心を決める。

——喧《やかま》しいな。

御簾《みす》の奥で膝《ひざ》を崩《くず》して寛《くつろ》ぎながら、氷見は檜扇《ひおうぎ》の先を鼻先にあてがった。生あくびを隠すためだ。一応御簾で視界は遮《さえぎ》られているが、それでも注意するに越《こ》したことはない。やれ行儀《ぎょうぎ》が悪いだのなんだのと、祖父ほどに年の離れた重臣たちの小言は果てしない。

くし立てている。

一際《ひときわ》口うるさい重臣のひとりが、口《くち》の端《はし》から泡《あわ》を吹かんばかりの勢いで先ほどからずっとま
「聞けばその者は女だというではありませんか。能楽は女人《にょにん》禁制が絶対の掟《おきて》だと聞き及《およ》んでおります。そんな掟も守れない不遜《ふそん》な輩《やから》を天覧能の舞台《ぶたい》に上げるなど、断固反対ですぞ帝《みかど》！　前例がありませんし、外聞も悪うございます！」

儀式《ぎしき》や儀礼《ぎれい》、規則を守るあまりに口喧《くちやかま》しくなる者というのはどこにでもいるものだ。

氷見はなんだかひどく醒《さ》めた気持ちでずらりと居並ぶ重臣たちを見やった。

ここでただじっと氷見の様子を見ているより、やるべきことは他《ほか》にもたくさんあるだろうに、彼らは自ら動こうとはしない。命令が下って初めて動く。

そういう身分に生まれついているからだ。

帝のみに従うように教育された彼らには、年若い氷見のやることなすことがいちいち逸脱《いつだつ》していて癇《かん》に障《さわ》るのだろう。己の身分と権力を笠《かさ》に着て好き勝手に振る舞う少々目障りな者も出てきて、それを一掃《いっそう》するためにはさまざまな仕掛《しか》けが要《い》る。

じっと息を凝《こ》らし、瞳《ひとみ》を爛々《らんらん》と光らせて。

狩《か》りをする獣《けもの》のように、暗愚《あんぐ》を装ってひたすら待つ。

「なんとか仰《おっしゃ》ってください、帝！　女が女舞いを舞ったところで、得手で当たり前なのです！

ただの遊女を天覧能の舞台に上げては帝の威信《いしん》に関《かか》わりますぞ！」

——女だというだけで女舞いが上手《うま》くて当然というのなら、生まれたときから男の余は男舞いの名手だな。

くだらない。生まれたときから歩ける赤子はいない。白火が才能にあぐらをかいているのではなく、努力を重ねていることは実際に見て知っている。

怠惰《たいだ》な芸人であったら、腕が動かなくなっても舞いを続けたりはすまい。

噛《か》み殺し損《そこ》ねたあくびがひとつ、ふわあ、と出てしまい、その気配は御簾の向こうにも伝わってしまったようだ。

「み、帝……！　現人神《あらひとがみ》ともあろう御方《おかた》が、この重要な話し合いの場でなんということを！」

——面倒くさい。

「そちは、余の裁定に不満があると申すのだな？」

ざっとその場の空気が凍りつき、重臣が青ざめる。

「い、いえ、かようなことは……！　ただ私は、女を舞台に上げるのはどうかと申しているだけで」

冷徹《れいてつ》な表情を貼《は》りつかせたまま、氷見がすっくと立ち上がる。

御簾の奥のその影《かげ》に、重臣たちはひっと肩《かた》を竦《すく》めた。処世術で生きる宮中人たちは、君主の逆鱗《げきりん》に触《ふ》れてはならないということをよく知っている。

「お気に障りましたのなら何とぞご容赦《ようしゃ》を……！」

「白火は、余が招いた役者だ。白火を侮辱《ぶじょく》することは余を侮辱することだと思え」

「は！」

それだけ言い置いて、氷見は御簾から退出する。退屈《たいくつ》でしかない謁見《えっけん》はもう切り上げて、さっさと仕事に戻《もど》りたい。

不機嫌《ふきげん》丸出しの顔で廊下《ろうか》を歩きつつ、ふと思う。

「――そろそろ、宮中の膿《うみ》も出始めるかな」

上辺は覇気《はき》のない怠惰な帝を装い、膿が出尽《でつ》くすまで待つ。少しでも残っていてはすぐに増殖《ぞうしょく》するものだから、完全にすべてが出るまでは我慢《がまん》しなくてはならない。

そして、時が熟したならその膿を徹底《てってい》的に洗い流す。

「帝というのは、耐《た》える務めでもあるのだな」

考えるべきことや片付けるべき務めなど山積みであったが、そろそろ桜の古木の蕾《つぼみ》も膨《ふく》らんできた。氷見は口もとを綻《ほころ》ばせる。

「そろそろだな。楽しみだ」

永観座はいつも通りの毅然《きぜん》とした静寂《せいじゃく》に包まれていて、以前白火が訪《おとず》れたときと何ひとつ変わっていなかった。そうやって密《ひそ》やかに舞いが継《つ》がれて、継承《けいしょう》されてゆく。世俗《せぞく》に一切《いっさい》関わらず、泉に薄《うす》く張った氷のような冷ややかさと鋭《するど》さを内包して。

永観座は、そういう一座だ。

「唐突《とうとつ》な訪問で、申し訳ありません」

朝の、まだ光が薄い時刻。

朝稽古《げいこ》を終えたばかりの井澄は、格別不機嫌そうな顔ではなかったがもとからあまり表情がない。黙《だま》って頷《うなず》くその所作に、井澄が怒《おこ》っていないことを読み取れるのはいつものように控《ひか》える静凪だけだ。

「そんなにお気になさらずに。もっと気を楽になさってください」

白火は、かちこちに緊張《きんちょう》している。

「御返事《ごへんじ》を、と思って参りました」

緊張に、異常なほど喉《のど》が渇《かわ》く。唇《くちびる》がからからになって、声がひりつく。

白火は懐《ふところ》から件《くだん》の文を取り出し、ぱさりと広げて目の前に置いた。

「静凪さん。筆を、お借りできますか」

何に使うのかはわかりきっている。

「それでは、了承《りようしよう》していただけるのですね」

喜色を浮《う》かべた静凪が、恭《うやうや》しいしぐさで墨《すみ》を含《ふく》ませた筆を差し出す。井澄が静かに見守る。

名前を書けばいいだけの簡素な書類だ。取り決めなど何もなく、ただ白火の籍《せき》が正式に永観座に移るだけ。

筆を握《にぎ》る指先が細かく震《ふる》える。心を落ち着かせるために、眼《め》を瞑《つぶ》って深い呼吸をゆっくりと繰《く》り返す。

——オレは何も変わらない。たとえ離《はな》れても蒼馬さまのことが好きだし、居残って日輪座に迷惑《めいわく》をかけるような真似《まね》はできない。だから、これでいいんだ。

ひとつ息を吐《は》いて過度の緊張を肩から抜《ぬ》き、筆を滑《すべ》らせようとしたそのとき。

「……白火！」

聞き覚えのある声が聞こえた気がして、白火の手がぴたりと止まった。

目を閉じて、息を吐く。

——オレも、とことん往生際《ぎわ》が悪いな。蒼馬さまがここにいるなんて、そんなことがあるわけがないのに。

苦く笑《え》みを刻んで、筆先が紙面に触れる。

「白火！」

幻聴《げんちょう》にしてはやけに声が大きい。

耳朶《じだ》を打つ怒声《どせい》に、白火は瞳にいっぱいの涙《なみだ》を溜《た》めたまま、恐《おそ》る恐る顔を上げた。

「蒼馬さま………？」

「何をやっているんだお前は！　何を考えてる！」

どかどかと廊下を踏《ふ》みしめて駆《か》けつけた蒼馬が、白火の握っている筆と書類とに目をやるなり目尻《めじり》を吊《つ》り上げ、荒々《あらあら》しいしぐさで紙と筆とを奪《うば》い取り、破り捨て、まっぷたつに折る。

紙と筆の残骸《ざんがい》となったものがばらばらと散らばり、正座したまま静凪が静かにこっそり呟《つぶや》いた。

「ああ……書き心地《ここち》が良くて年季も入った、お気に入りの筆だったのに……」

蒼馬はそんな言葉は聞こえないくらいに激怒《げきど》していた。

白火の腕《うで》を摑《つか》み、引っ張り上げる。そのまま連れ帰ろうとすると、白火が踏ん張って抵抗《ていこう》する。いきなりのことに、井澄も啞然と見ているしかない。

「なんで怒っているんですか？　蒼馬さまだって言ったでしょう、移籍《いせき》したほうがいいって！」

蒼馬が怒る理由が、白火にはわからない。

だって、蒼馬だって白火に移籍を進めてきたではないか。

「日輪座じゃなくなっても、あそこはオレが守るべき座です。オレが自分で決めたことです。放っておいてください！」

正直に言うなら、引き留めてほしかった。柚木座《ゆきざ》にこのままいてもいいと、前みたいに言ってほしかった。柚木座に移籍したいなんて贅沢《ぜいたく》なことは言わないから、せめて客演として、ずっと一緒《いっしょ》に。

——一番最初に、オレに逢《あ》ったばかりのころに柚木座に来いって言ってくれたのは蒼馬さまだ。

でももう、白火は柚木座には必要ない。

そう思うと悲しくて寂《さび》しくて、胸がきゅうっと引き絞《しぼ》られる。

「足手まといになりたくないから、だからオレはやっと決心して……っ」

聞き咎《とが》めた蒼馬の眉根が、ぐっと寄せられる。

「足手まといだと……!?」

大粒《おおつぶ》の涙がぼとぼと床《ゆか》に落ちても、白火は構わなかった。泣いていることに気づけなかった。

それくらいいっぱいいっぱいに追い詰《つ》められないと、白火はわがままを言えない。思っていることを、すなおに言えない。

望むことは悪いことではないのだということを、白火は知らない。望んでも望んでも何も手に入らない最低の身分の生まれで、今京にいることが最大の贅沢であり栄誉《えいよ》だ。舞《ま》いのこと以外で、白火は本当に何も望まない。望んではいけないのだという強迫観念《きょうはくかんねん》のようなものが心の奥底に巣喰《すく》っている。

ぐいと顔を上げさせられ、頬《ほお》に唐突に熱い痛みが走る。

ぺち、と。

蒼馬が白火の頬を叩《たた》いたのだ。

「……ちっとも伝わっていなかったんだな、お前には！　俺がお前を永観座に移籍なんかさせると思うか、この馬鹿《ばか》！　お前が移籍するのは柚木座だ。永観座だなんて俺は一言も言っていない！」

「――様子がおかしいと思ったら、そういうことでしたか」

事情を大体呑《の》み込んだ静凪が苦く微笑《びしょう》し、井澄も納得《なっとく》したような戸惑《とまど》ったような、複雑そうな表情を滲《にじ》ませている。

――…………？

白火は数回目を瞬《またた》かせた。

今、蒼馬に。

とても怖《こわ》い声で、とても甘い言葉を言われたような気がする。大きくしゃくり上げて、息を吸いこむ。するとひどく真剣《しんけん》な表情に顔を引き締《し》めた蒼馬の手が打たれたばかりの頬にそっとあてがわれ、まともに目が合って、そして今度は視線を外せなくなる。白火はもう一度、涙の絡む睫《まつげ》を瞬かせた。

——蒼馬さま、今、なんて……？

永観座じゃない。

蒼馬は、そう言わなかっただろうか。

蒼馬にもう一度言ってもらえるまで、白火がずっと望んで、それでも自分から口には出せなかった願いを、蒼馬は腹の底がびりびりするほどの大きな声で言わなかっただろうか。

「永観座からの誘《さそ》いの話も、なんで俺に言わない。それほど俺はお前にとって頼《たよ》りない男か⁉　一陽太夫《たゆう》から知らせが来てやっとわかったんだぞ！」

蒼馬のあの驚《おどろ》きの瞬間《しゅんかん》を、白火にも味わわせてやりたいくらいだった。

一陽が、白火の様子がおかしいと知らせてきたのだ。白火があまりに消沈《しょうちん》していたので、悪いとは思ったが、眠《ねむ》っている間にこっそりと、懐深《ふところふか》くにしまいこんでいた文を覗《のぞ》き見したらしい。

「――井澄太夫、静凪も。騒《さわ》がせて悪かった」

「おい、柚木座」

「詫《わ》びは後できっちり入れる」

蒼馬が、白火の身体《からだ》を軽々と肩《かた》に担《かつ》ぎ上げる。

「わ！」

「またな」

蒼馬がさっさと踵《きびす》を返しかけるのを、それまで静観を守っていた井澄が引き留める。静凪などはもう口も挟《はさ》めないほどにぴりぴりとした空気でも、井澄は気にしない。

「それを置いていけ」

「断る。これは俺のものだ」

会話はもう白火を飛び越《こ》えたところで交《か》わされていて、白火は足をばたつかせて暴れるのがせいいっぱいだった。

その足を手で抱《かか》え、抵抗を一切《いっさい》奪い取って蒼馬が色悪《いろあく》な笑みを浮《う》かべる。

「こいつにも、それを今からじっくり教えてやるつもりだ」

参番目　女《にょ》の章

蒼馬の膝《ひざ》の上に乗せられたまま、白火はずっと泣いていた。

荒々しい口づけが、涙《なみだ》に濡《ぬ》れた唇《くちびる》に幾度《いくど》も幾度も襲《おそ》いかかる。

白火が何かを言いたげに蒼馬の胸を叩いて細い手足を暴れさせるが、それすら今となっては蒼馬を煽《あお》り立てる甘い媚薬《びやく》だった。蒼馬の理性は完全に崩壊している。

息苦しさに上下する肩ごと押さえつけ、貪《むさぼ》り続ける。言い訳も謝罪も、何も聞きたくない。かすかな吐息《といき》も要《い》らない。すべてを飲みこんでしまいたい。

これ以上煽られたらどうなるのか、蒼馬自身わからなかった。それくらい激怒していた。怒《いか》りを鎮《しず》めるために、ひたすら吐息を奪い続ける。

強引《ごういん》な口づけは、もはや暴力に近い。

半狂乱《はんきょうらん》になった白火が這《は》ってでも逃《に》げようとするのを、足首を掴んで引き戻された挙げ句、真上にのしかかるようにして押し倒《たお》された。

「そ、………まっ……！」

途切《とぎ》れ途切れに名前を呼ばれ、じっと琥珀《こはく》の双眸《そうぼう》を見下ろす。

「——何か言うことがあるなら言ってみな」

胸を喘《あえ》がせてひたすら呼吸を繰《く》り返している白火が、何か言えるはずもない。

冷ややかにそのさまを見つめ、白火を押さえこんだまま、蒼馬は手近にあった酒瓶《びん》を乱暴に掴《つか》んだ。白火からは一時たりとも目を離《はな》さない。そばにあった盃《さかずき》が転がって割れる。

瞬きすらせず。

ぐ、と酒瓶に口をつけて酒を呷《あお》り、そのまま小さな唇《くちびる》を押し包んで塞《ふさ》ぐ。

「んん……っ！」

強い酒なので、一気に香《かお》りが漂《ただよ》う。

何をされるのかを察した白火が、いやだ、と首を振《ふ》って逃《のが》れようとするのを許さず、喉《のど》を焼く酒を流し込んで飲み込むまで口づけをほどかない。飲み込みきれなかった酒が白火の顎《あご》から喉に伝っていくのを、獰猛《どうもう》な獣《けもの》のような舌で嘗《な》め取る。酒よりも何よりも、白火の肌《はだ》の甘さが蒼馬の舌を酩酊《めいてい》させる。

「蒼馬さま、ひどい……」

恨《うら》めしそうに白火が蒼馬を睨《にら》む。オレが酒に弱いのは知っているはずでしょう、と。

蒼馬はそれを気にも留《と》めない。

「……今日くらいは、俺の好きなようにさせてもらう」

「蒼馬さま、いや……！」

「まだだ。お前が全部白状するまでは」

一口、また一口。

蒼馬が、いやがる白火に強引に酒を飲ませ続ける。

「な、に……？　何を……？」

白状すればいいのかと。

途切《とぎ》れ途切れに問う間にも、白火の意識はとろとろと酒に蕩《とろ》けていく。華奢《きやしゃ》な身体《からだ》をかき抱《いだ》いて、蒼馬が熱っぽく囁《ささや》く。蒼馬が納得《なっとく》するまで、可哀相《かわいそう》だが眠《ねむ》らせるつもりは毛頭ない。

「まだだ。まだ眠らせないぞ白火」

どうして、俺の足手まといになるなんて思った――？

蒼馬の問いかけに、白火は酔《よ》って覚束《おぼつか》ない声でたどたどしく答える。蒼馬の膝《ひざ》の上で丸くなり、白火は身を守る胎児《たいじ》のような格好だ。

「蒼馬さまの、迷惑《めいわく》に、なりたくなかった……」

「迷惑になんてなるわけがないだろう。俺のことをそんなに信じていないのか」

「違《ちが》う……違います。――でも」

「でも？」

「──言ったら、きっと嫌《きら》われるから」

「何をだ？」

蒼馬は今日ばかりはもう徹底《てってい》的に問い詰《つ》める気でいる。酒の力を借りるのは正直良い気はしなかったが、白火を泣かせても何でも、本音を聞き出さずにはいられなかった。柚木座《ゆきざ》への移籍《いせき》を永観座への話と取り違えるほど、白火の心のかけがねが食い違ってしまっている。その原因を知りたかった。

白火の声が一段と小さくなって、聞き取りづらいほどだ。腕《うで》の中で抱《かか》え直し、その唇を耳に近寄せる。

「オレは、『颯佐』を、舞《ま》いたくないんです……舞えないんじゃなくて、舞いたくないんです。あれは見世物じゃない。お願いです、蒼馬さま。母さまを、見世物にするのはいやです……！」

蒼馬が、ぴく、と動きを止めた。

白火を悩《なや》ませていたものを、ようやく理解する。

「──なんで最初からそう言わなかった」

小さな額に唇を押し当てる。咎《とが》める声は甘い。

「蒼馬さまの役に立ちたかった……でも、『颯佐』を今更変更《いまさらへんこう》したいなんて言ったら、きっと蒼馬さまが困る。天覧能の支度《したく》は大変だから、オレも手伝いたい。わがままは、言えない……」

「──────」

伸《の》びてきたほっそりとした手が、蒼馬にしがみつく。

「呆《あき》れられるのが怖《こわ》くて、嫌われるのが怖くて。でも、『颯佐』は。母さまは」

蒼馬は、耐《た》えきれずに白火の身体を抱《だ》き締《し》めた。心ごと。

「わかった。白火、もうわかった」

とうとうしゃくりあげて泣き始めた白火を再び抱き締め直し、蒼馬は愛《いと》しく苦く嘆息《たんそく》するしかなかった。

「お前は、もっと俺に甘える訓練をしないとだめだな」

白熱してきた稽古《けいこ》を中断して、話し合いは丸一昼夜に及《およ》んだ。柚木座は蜂《はち》の巣を突《つつ》いたような騒《さわ》ぎだ。座員たちが顔色を変えて車座を組む中、蒼馬は静かに思いを巡《めぐ》らせていた。

白火が『颯佐』のことでここまで思い詰めていたことに気づけなかったのは、蒼馬の落ち度だ。

——違うな。俺は、目を背《そむ》けていたんだ……。

天覧能の成功に気を取られ、白火のささやかな不安に気づかない振りをしていた。現に白火は一度、遠慮《えんりょ》がちにとはいえ蒼馬に言いに来たではないか。

『颯佐』を演《や》らないとだめか、と。

——そこで気づくべきだった。白火を悩ませたのは俺だ。

だが、ここで即座《そくざ》に頷《うなず》けない理由もある。引き返すにはどうやっても時間が足りない。

「最初に言わなかったオレが悪いんですが……どうしても、『颯佐』を舞いたくないんです。あれは、母の話です。他人に見せるものではないんです」

柚木座幹部を集めての話し合いには、急きょ日輪座から一陽と矢涼も呼ばれた。朧もついてきて、廊下《ろうか》でそっと話し合いの様子を窺《うかが》っているはずだ。

天覧能で演るはずの『颯佐』を、変更《へんこう》したいのだと言い出した白火に、周囲も驚《おどろ》きを隠《かく》せない。白火はもうすでに、新たな脚本《きゃくほん》をもう半分ほど仕上げてあるという。

いつのまに、と蒼馬は思う。

——つまり、それだけの間、『颯佐』で悩んでいたということだが……。

納得はできても、承知はできない。蒼馬はがしがしと髪《かみ》を掻《か》いた。

舞いや解釈《かいしゃく》、装束の変更程度ならともかく、演目丸ごと変えたいのだと言われると、おいそれと賛成することはできない。

「――悪いが、こればかりは無理だ。諦《あきら》めろ」

重々しく告げる。今まで皆《みな》に必死に説明をしていた白火の眉尻《まゆじり》が、きゅ、と下がる。

「天覧能本番まであと一月。この時期に演目を変更するなんてどうやっても無謀《むぼう》だ。役者に囃子方《はやしかた》、装束に小道具、関《かか》わる職人たちに生半可《なまはんか》ではない負担をかけることにもなる。これは単なるわがままでは済まされない」

装束に使う絹糸から選《よ》り分け、眠る暇《ひま》も惜《お》しんで職人たちは今も作業に追われている。役者の晴れ舞台《ぶたい》は、職人たちにとっても晴れ舞台だ。最高の品を作り上げるために厳選に厳選を重ね、多少の無理を通して緻密《ちみつ》な準備は進められていく。ただでさえ短い支度《したく》期間中職人たちに必要以上の負担をかけないよう、蒼馬は早くから綿密な段取りを組んできた。

「装束などに変更はあまりないと思います。もとの話は同じです。でも――終わり方を、変えたいんです。そのために、最初から直す必要があるんです」

「ううむ……その新しい作品をやらずに、今までの演目で何か代わりを、というのも聞こえが悪いな。いっそのこと『水ノ姫《ひめ》』でも……いや違う、それはだめだな」

面打ち小屋に閉じこもっていた有楽もさすがに飛んで戻《もど》ってきて唸《うな》っている。

「有楽太夫《たゆう》？　なんでです？　白火さんと若太夫のおふたりでできる演目なんていくらでもあるじゃないですか」

「隼人。もうそんな単純な段階じゃないんだ」

蒼馬があぐらをかき直しながら口を挟《はさ》む。白火がかすかに全身を緊張《きんちょう》させる。

「うちが新作をやるっていうのは、もう京中の噂《うわさ》になってる。今更《いまさら》ありものをやったら新作は失敗したのか、出来《でき》が悪いからやらないのか、出来上がらなかったのかって噂が広まって評判を落とすことになるんだ」

「そうでした。今回は関わる人数が多いから、箝口令《かんこうれい》が無理ですもんね」

人の口に戸は立てられない。

「このまま『颯佐』をやるのが最善の策だが、けちもついてどうにも験《げん》が悪いな。このまま白火に無理《むりじ》強いしても良いものはできんだろうし」

役者は精神状態も大切だし、今の白火は完全に『颯佐』の拒否《きょひ》態勢に入ってしまっている。

「どうする、蒼馬」

「そこで俺に振《ふ》るかこのくそ爺《じじい》」

「お？　なんぞ言うたか不肖《ふしょう》の弟子《でし》よ」

「……ったく、こういう役目になるとすぐ逃《に》げようとするんですから」

はー、と体中の空気を吐《は》き出すかと思うほど深いため息をついた蒼馬が、顔を上げる。有楽から全権を委《ゆだ》ねられている今、すべての決定権は蒼馬にあるのだ。

「──わかった。変更は認める」

座員がおお、とどよめく。その騒ぎを眼差《まなざ》しひとつで押さえ、蒼馬は続けた。

「ただし、条件がある」

新しい脚本のために作られた猶予《ゆうよ》は、三日間。その間にもし完成しなかったら、白火が観念して『颯佐』に取り組むと約束した。

諸々《もろもろ》の作業の進行状況《じょうきょう》、舞いの稽古期間を考えて蒼馬が出した結論だ。この三日間のうちに、新しい脚本を白火はなんとか仕上げなくてはならない。

忙《いそが》しいのに、寝《ね》る暇もないほどなのに、白火の心はすっきりと晴れやかだった。移籍の問題も『颯佐』も両方とも片付いて、気持ちの整理もついた。

演目変更の許可が下りた瞬間《しゅんかん》に文机《ふづくえ》にかじりついて、奮闘《ふんとう》は続いている。

舞いたいのは、母が悲しむ恋《こい》の話ではなく哀《かな》しい最期《さいご》を迎《むか》える話でもなく、幸せになれる話。蛇紋《じゃもん》の余韻《よいん》に怯《おび》えながら書いた『颯佐』、あれは颯佐の恋の話、颯佐の生き方そのもの。そういう大切なことは、きっと人には言わずにじっと胸に秘《ひ》めておくほうがいい。だから白火は、『颯佐』は舞わない。

白火が天覧能で作りたいのは、幸せな話。

美しい恋人《こいびと》同士が、桜の精に邪魔《じゃま》されて引き離《はな》されても艱難辛苦《かんなんしんく》を乗り越《こ》え、幸せに結ばれる話だ。

「演目名は、そうだな……。そう、――『桜守《さくらもり》』」

水を得た魚のように生き生きと脚本に取り組む白火を蒼馬としては放っておくこともできず、さりとて自身もまだ飛び回らなくてはならない立場なので朧に面倒《めんどう》を見てくれるよう頼《たの》んでおいたのだが、あまり朧にくっつかれると、それはそれで落ち着かなかった。

白火は誰《だれ》にも助力を求めようとしない。三日という期限もあり、律儀《りちぎ》に責任を果たそうとしているのだろう。時間は刻々と迫《せま》ってきている。

「誰かに協力してもらうとか、そういうことを端《はな》から考えないやつだってことを忘れてたよ……俺としたことが、迂闊《うかつ》だった」

夜稽古《げいこ》を終えて部屋に戻りざま、白火の様子を見に訪《おとず》れた蒼馬は。

墨《すみ》で頰《ほお》を汚《よご》し、書き損じの反古紙《ほごがみ》の上に仰向《あおむ》けに転がって熟睡《じゅくすい》している白火を見て、なんとも微妙《びみょう》なため息をつく。

——相当に根を詰《つ》めているな。だから反対したんだ、この頑固者が。

白火のこの頑固さは恋人としては無茶《むちゃ》すぎて持てあますほどだが、役者としては愛《いと》おしい。

「こんなところで寝たらまた熱が出るだろうが。寝るなら褥《しとね》に行け」

文句を言いながらも、蒼馬は頰を近寄せて白火のかすかな寝息《ねいき》を楽しむ。ついでに自分の着ている羽織を脱《ぬ》いで、華奢《きゃしゃ》な身体を包み込んだ。小さな鼻先が、くんと何かの匂《にお》いに気づいたように動く。

「ん、ん……」

白火が、ほにゃ、と口もとを綻《ほころ》ばせた。疲労困憊《ひろうこんぱい》しているわりに、良い夢を見ているらしい。

「——そ……さ、ま」

夢うつつに名前を呼ばれ、胸が焦《こ》げそうだった。愛しさが身の裡《うち》で燃え盛る。

褥に運ぼうとして、ふとその手を止める。素早《すばや》く白火の部屋を出て自分の部屋に姿を隠《かく》すと、暗い廊下《ろうか》の奥からぱたぱたと足音が近づいてきた。ひとつは可愛《かわい》らしく小走りに、もうひとつは大股《おおまた》にしっかりと。

白火の部屋の襖《ふすま》がそっと引き開けられる。

「あ、また～……矢涼、お願い。白火を褥へ運んで。さっきまで、今日は寝ないって言い張ってたのよ白火ってば」

「無理もない。そろそろ疲《つか》れも出てくるころだ」

「昨日もろくに寝ていないみたいだものね。ちょっと目を離すと無茶ばっかりするんだから、まったくもう」

会話に混じって、水差しや硯《すずり》など、文机の上に置きっぱなしだったものをかちゃかちゃと片付ける手際《てぎわ》の良い音が聞こえる。

「寝かせたぞ」

「ありがとう。白火、目を覚まさなかった？」

「いや。大丈夫《だいじょうぶ》だった」

「そう。集中するのもいいけど、寝不足《ねぶそく》で身体を壊《こわ》しちゃ意味がないものね。良かったわ。いっそのこと眠《ねむ》り香《こう》でも買ってきて焚《た》いてやろうかしら。ああでもあれ高いのよね。ねえ矢涼、似たようなもの、作れない？」

「…………」

それは反則だろう、と襖に耳を押し当てて会話を盗《ぬす》み聞きしていた蒼馬は心の中で突《つ》っ込んだが、どうやら矢涼も同じ意見だったらしい。朧が、悪戯《いたずら》っぽくくすりと笑《え》む気配が伝わってくる。

「冗談《じょうだん》よ。眠り香なんて使わなくても、白火くらい簡単に寝かしつけられるわ」

伊達《だて》に天輪の子守《こもり》をしてないわよ——自信たっぷりの朧に、矢涼が低く声をかける。

「もう戻るぞ。白火の世話ばかりを焼いて、今度はお前が倒《たお》れることになりかねん」

「大丈夫よ。あたしは結構丈夫《じょうぶ》にできているの。変なところで心配性《しょう》よね、矢涼って」

「そういう問題じゃない」

ひそやかな気配がふたつ、静かに遠のいて柚木座《ゆきざ》の屋敷《やしき》から離れていく。もう夜も更《ふ》けたが、矢涼がついているのなら朧のことは心配ない。

「——良い仲間を持っているな、白火」

温かな褥の中でぐっすりと、夢も見ないで眠っているであろう白火に向かい、心の中でそっと囁《ささや》く。

暗い夜道を歩きながら矢涼も、心の中でひっそりと思い返していた。

眠る白火の華奢な身体を包んでいた、不釣《ふ》り合いなほど大きな男物の羽織には。

まだ持ち主の香とぬくもりが、しっかりと残っていた。

蒼馬からの条件は、この三日以内に新しい脚本《きゃくほん》を書き上げて完成させることの他《ほか》にもうひとつ。白火がひとりで職人たちのもとへ出向き、急な演目変更《へんこう》の詫《わ》びを入れることだった。本来なら挨拶《あいさつ》回りは有楽や蒼馬の務めだが、今回は白火がやりたいと言い出したのだから、白火が出向くのが筋だろうということになったのだ。

「ごめんください」

職人の作業場や家を訪れ、用意した差し入れを丁寧《ていねい》に捧《ささ》げ持ち、玄関《げんかん》先で事情を説明しては、白火は丁重《ていちょう》に頭を下げる。

「ただでさえお忙《いそが》しいときにご迷惑《めいわく》をおかけいたしますが、何とぞご容赦《ようしゃ》くださいませ」

こういうときの差し入れは、不始末があとに残らないように消えものを選ぶのが通例だ。忙しいであろう職人たちに労《ねぎら》いと栄養をつけてほしいという意味合いも込めて、白火は梅の混ぜ込み飯を持ってくことにした。柚木座出入りの飯屋に頼んで必要な分を炊《た》いてもらい、小さな木箱に詰めて、包みの上に差出人の名前を書き入れてある。

「これはこれは、どうもご丁寧に。役者はんには役者はんにしかわからへんこだわりがあるよって、うちらもできる限り協力させてもらいますさかい。おおきに、ありがとうさんどす。ほお、梅飯どすか。さっぱりしてええなあ。……あれ」

記された名前に目を留《と》めて、小物作りの若い男がおや、と訝《いぶか》しそうな顔つきになる。どこの職人のもとを訪れても大抵《たいてい》同じ反応が返ってくる。白火は照れくささに頬《ほお》を紅潮させながらもおずおずと口を開いた。

「移籍《いせき》、致《いた》しました。本日からは日輪座改め柚木座の白火でございます。お引き立てのほど、よろしく願い上げます」

「それはそれは、おめでたいことどすな。柚木座はんも大喜びや」

時を少し巻き戻して、脚本が完成したのは昨夜のことだ。

「これで、完成です……！」

筆を置くと、労うように頭をぽんと撫《な》でられる。

「お疲れさん」

白火は思わずそのまま床《ゆか》に転がった。

出来上がった脚本は、隼人が片《かた》っ端《ぱし》から母屋《おもや》に運び、座員総出で写しを取っている。専門の職人に写して脚本の形に成形してもらう余裕《よゆう》はもうない。さすがに仕上がるかどうか不安で、夕刻ごろから白火の背後に貼《は》りついていた蒼馬もほっと安堵《あんど》の息を吐《は》く。

「さて、これからまたやることが山積みだな。舞《ま》い合わせは明日からすぐ取りかかるぞ。衣裳《いしょう》も決めないといけないし。あ、そうだ。囃子方《はやしかた》とも音合わせが必要だな」

蒼馬が長い腕《うで》を伸《の》ばしながら、肩《かた》をこきこきと鳴らす。この数日は蒼馬にとっても、精神的に疲れる三日間だった。

「お前も明日からは飛び回ることになるから、今夜はもう休め。写しは隼人に監修《かんしゅう》を任せてあるから――」

その背中に。

白火は、ものも言わずにぽふっと抱《だ》きついた。

「白火？」

ぎゅっと指に力をこめて、蒼馬の背中に貼りつくようにしてしがみつく。蒼馬が驚《おどろ》いたように、白火の腕をぽんぽんと叩《たた》く。

「どうした？」

「…………」

黙《だま》って頭《かぶり》を振《ふ》りながら、なおもしがみつく。

――蒼馬さまの匂《にお》いがする……。

蒼馬の背中は、温かくて広い。少し背伸《せの》びをしないと届かない。腕は全然蒼馬の腰《こし》に回りきらなくて、もっと長い腕がほしいと思う。

「はーくーび？」

蒼馬が穏《おだ》やかに名を呼ぶが、白火は答えることができない。喉奥《のど》がじんと熱くて、口を開いたら泣き出してしまいそうなのだ。

目にも涙《なみだ》が浮《う》かんでくるのを、ぎゅっと閉じてこらえる。

ぐりぐりぐりぐりと蒼馬の背中に額を押しつけ、唇《くちびる》を引き結んで、今の白火の中を席巻《せっけん》しているのは脚本を完成させた喜びと安堵だ。何かが胸を熱くしていて、ひどく苦しくて切ない。

「お前、興奮しているのか？」

この、訳のわからない渦巻《うずま》く感情が興奮だというのなら、きっとそうだ。まだ脚本だけで舞いと音の仕上げが残っているけれども、まだまだ全然終わっていないどころか始まったばかりなのはわかっているのだけれど、舞台《ぶたい》に立っていると時々こういう類《たぐい》の、ものすごい達成感が訪《おとず》れることがある。稽古《けいこ》のときに訪れることもあるし、こうして脚本を書いただけで訪れることもある。

現世に生きているだけでは到底《とうてい》味わえない舞いの高揚《こうよう》も好きだが、こういう地道な努力の果てに訪れるものも同じくらい愛《いと》おしい。

ひとりで抱《かか》えこむには大きすぎて、白火の手には負えそうにない静かな狂喜《きょうき》だ。

こく、と白火が頷《うなず》きだけで返事をすると、蒼馬が笑って背中が揺《ゆ》れる。

「今からこれじゃあ、天覧能が終わったらお前、感動で腰が抜《ぬ》けて歩けなくなるぞ」

白火は黙ったまま、ますます強くしがみつく。

「ま、お前が歩けなくなったら、こうしておぶってやるよ」

「わ！」

蒼馬が少し上半身を前に倒《たお》しただけで、白火の足先が浮く。すっかりおぶわれた形になってしまった。

「摑《つか》まってろ。落ちるなよ」

白火の手を自分の首に回させ背中にしがみつかせたまま、蒼馬がすたすたと歩く。揺れる振《しん》動《どう》と温かさに、白火は笑い出してしまった。

「蒼馬さま蒼馬さま、止まって！」

「軽いなお前は」

「わ、蒼馬さま、落ちる落ちる落ちる～！」

いつもなら子供扱《あつか》いはしないでほしいと怒《おこ》るところだったが、白火が珍《めずら》しくもはしゃいで喜ぶものだから、ついつい蒼馬も調子に乗る。白火のこんな楽しそうな笑顔《えがお》が見られるのなら、両脇《りょうわき》を持ち上げてぶんぶん振り回してやってもいい。

大笑いしていた白火の息が切れてきたのを見計らって、背中から白火をそっと滑《すべ》り落とす。

「は……」

肩で息《いき》をしながら、白火はまだ弾《はじ》けるような笑顔を浮かべていた。

蒼馬も笑って、顔を近寄せる。

軽く触《ふ》れ合うだけの口づけに充分《じゅうぶん》過ぎるほど満たされて、白火は幸福の吐息《といき》を零《こぼ》した。

そっと眼差《まなざ》しを上げる。睫《まつげ》の先にまで滴《したた》るほんのりとした色香《いろか》がなんとも幸せそうで、見ている蒼馬まで嬉《うれ》しくなってくる。

息を弾《はず》ませながら、小さな唇が告げる。

「蒼馬さま。オレを、柚木座《ゆきざ》で受け入れてくださいますか……?」

白火から、柚木座への移籍願の言葉だ。

これを白火は言いたかった。『桜守』を無事に書き上げることができたら。

いつもいつも惜《お》しみなく与《あた》えられている愛情に、少しでも応《こた》えたかった。白火は蒼馬の絶対的な保護など望んでいない。望んでいるのは対等な関係だ。役に立ちたい。胸を張って蒼馬の隣《となり》に立てる存在になりたい。

「受け入れてくれるか、だと……?」

蒼馬からの歓喜《かんき》に溢《あふ》れた激しい口づけが、その答えとなった。

春が近づいていることを告げるように暖かな陽射《ひざ》しの降り注ぐ朝、白火は単身永観座へと向かった。蒼馬は同行を申し出てくれたが、蒼馬には蒼馬の務めもあるし今から『桜守』を頭に叩《たた》き込まなくてはならない。ひとりで大丈夫《だいじょうぶ》だから、と言ったら玄関《げんかん》先まで見送られ、それには白火もついつい笑ってしまった。

「蒼馬さまって、時々ものすごい子供っぽくなるよな」

永観座では、静凪が待っていたように玄関先で出迎《でむか》えてくれ、そのまま客間に通される。永観座の稽古の空き時間を狙《ねら》ってやってきたので、井澄もすぐに部屋に入ってきた。

「落ち着いたのか。忙《いそが》しいと聞いた」

相変わらず端正《たんせい》な、万媚《まんび》の面のごとき美貌《びぼう》に見据《みす》えられ、白火はこくりと喉を鳴らす。威圧《いあつ》感《かん》というよりは支配する雰囲《ふんい》気《き》、井澄にすべてが従うのが当然といった空気が流れているから、切り出す言葉を口にするのは白火にとっては大仕事だった。

永観座で先日大騒《おおさわ》ぎを引き起こしたままだったので、説明は順番にしていかないといけない。

「先日は大変失礼致《いた》しました。今日は、オレからお話したいことがあってまかり越《こ》しました。順を追って説明させていただきます」

静凪がお茶を用意しようとするのを、白火は頭《かぶり》を振って断る。お茶など出されても、たぶん飲めない。緊張しすぎて。

「井澄太夫《たゆう》。今度の天覧能で初演することになりました、『桜守』です」

持参した脚本《きゃくほん》を、すっと床《ゆか》の上を滑《すべ》らせて差し出す。

『桜守』の公演は、昨日決まったばかりだ。書き上げて、すぐに舞《ま》いをつけて、囃子《はやし》と合わせた。少し手を加える箇所《かしょ》はまだあるが、大体の形が本当に三日のうちにできたので、興行の目処《めど》がついた。

いや、最後の仕上げがあとひとつ残っている。

だから白火はここに来たのだ。

井澄が黙ったまま、脚本をはらりとめくる。

「新作なんですね。桜の話ですか？」

渡り廊下《ろうか》を隔《へだ》てた稽古場《けいこば》からは相変わらず峻厳《しゅんげん》な稽古の空気が漂《ただよ》ってくる。

「はい。恋人《こいびと》たちを桜の精が引き裂《さ》こうとしても恋人同士の強い絆《きずな》を破ることができず、感心して、以降恋人たちの守護を約束するというあらすじです」

「…………」

深い沈黙《ちんもく》が落ちる。

少しひやっとした白火が見ている前で、井澄が脚本に目を落としたまま、静かに舞いの世界に入っていく。

覗《のぞ》きこむ静凪の唇もかすかに動いて、謡《うたい》を無意識に紡《つむ》いでいるのが見て取れる。

井澄たちが読み終わるのを静かに待ち、指の背を床につけて、白火は深々と頭を垂れた。長い髪《かみ》が床に流れて、琥珀《こはく》の筋を作る。

もっと緊張して聞き苦しく声が震《ふる》えるかと思っていたが、案外冷静に切り出すことができた。

「この新作――『桜守』の、主役を井澄太夫にお願い致したく参上致しました」

「お前が舞えば良い」

「いいえ。オレはこちらを舞いたいので。ひとりで二役はできませんから」

白火が小さく笑う。花の蕾《つぼみ》が綻《ほころ》んだようなその笑顔に、井澄の瞳《ひとみ》がかすかに見開かれる。今まで白火が井澄の前でこんなに寛《くつろ》いだ表情を見せたことはない。

「桜の精を？」

「はい。引っかき回す役柄《やくがら》でおもしろいですし、こういう役をやったことがないので、良い挑《ちょう》戦《せん》になるかと思いまして。それに」

永観座の屋敷《やしき》の中では少し言いづらかったが、言葉を濁《にご》しても仕方ない。

「天覧能でも、恐《おそ》らくオレが女だということは欠点になるはずです。帝《みかど》直々のご命令でしたからこうして準備を進めてはいますが、女人《にょにん》禁制の掟《おきて》は、宮中でも知れ渡っていますから」

白火が晴れがましい舞台に立つことを咎《とが》めるとしたら、最大の理由はその性別だ。白火が女だということで、この永観座でも散々詰《なじ》られたことはまだ記憶《きおく》に新しい。

だから白火は決心し、蒼馬たち、柚木座の面々もそれを後押ししてくれた。

「今回の天覧能でオレは、女舞いを封印《ふういん》しようと思っています。だから、女舞いで井澄太夫が必要です」

ひとりの役者として、天覧能を構成する歯車のひとつとして。

井澄が必要だ。

最高の舞台《ぶたい》のために、あの、荘厳《そうごん》で美しやかな舞《ま》いを舞う舞い人が。

「いいだろう」

「太夫？　本気ですか？　幹部連中に相談もなく――」

静凪が、驚《おどろ》きに腰《こし》を浮《う》かしかける。それもそうだろう。永観座の太夫が客演するなど、前代《ぜんだい》未聞《みもん》のことだ。

「問題なかろう」

過去に例はないが、そんなことは井澄は気にしない。

それよりも、井澄がこの『桜守』の舞いに興味を惹《ひ》かれたことのほうが大きかった。

役者は、酒よりも舞いに酔《よ》うもの。役者をがつんと骨抜《ほねぬ》きにして惚《ほ》れ込ませるような作品には少なからずの魔《ま》が宿る。引きこまれてしまったら、役者はただただ翻弄《ほんろう》されるしかない中で挑《いど》みかかる。そういう魔を秘《ひ》めた作品を、一般《いっぱん》におもしろいと表現する。

そういう演目に巡《めぐ》り会うことができた役者は幸せだ。

「ありがとうございます！　本当に嬉しいです！」

「あああ、太夫、また勝手にそんなことを決めて……頭の固い連中を納得《なっとく》させるの、大変なんですよ？　しかも即決」

ちらりと入った静凪の恨《うら》み節もさらりと聞き流す。

孤高《ここう》の舞い人は、結構図太い神経を持っているのかもしれない。

「移籍《いせき》の件は」

「はい。先日、略式にではありますが柚木座《ゆきざ》に籍《せき》を移しました。なので、お受けすることができません。申し訳ありません」

氷の華《はな》の一座よりも、伸《の》びやかに枝を茂《しげ》らせる樹木の一座を選んだのだということは、『桜守』を見た瞬間からわかっていた。

井澄は、薄《うす》い唇《くちびる》をさやかに笑《え》ませた。

運命というものは決められていて、白火は永観座に嫁《とつ》ぐことになっているのなら、いずれ井澄のもとへとやってくる。

それなら、待つことは苦にならない。井澄の時間はたっぷりとある。

だから、今は、待とう。


秀麗《しゅうれい》な顔にあるかなきかの笑みを刷《は》くそのさまは、透《す》き通るほどに神々《こうごう》しかった。

四番目　狂《きょう》の章

「お聞き及《およ》びになりましたか」

「ええ、もちろん」

「いやはや、なんと申しますかな……此度《こたび》の天覧能は。あのような下賤《げせん》の座をご所望《しょもう》とは。柚木座とやらはまだ耳にしたこともありますが、もうひとりのあの」

雅《みやび》やかな袖《そで》で男がわざとらしく口もとを覆《おお》い隠《かく》して声をひそめる。

「日輪座、とやらですか」

「ええ。聞けば、どの名門の舞い人でもないとか。前代未聞ですな。そのような賤《いや》しい芸人が天覧能の舞台に上がるなど、想像しただけでもおぞましい」

「やはり、いかに尊きご身分であろうとも、京の外でお育ちともなると違いますなあ。我々などは、永観座以外の能などただ騒《さわ》がしいだけで。京で評判の一座であろうとも観《み》る気にもなれないというのに。それでもまあ、帝がご臨席だというので、私も仕方なく参ろうと思っている次第《しだい》ですよ」

「ええ、ええ。由緒《ゆいしょ》正しい永観座なればこそ、あの幽玄《ゆうげん》の情緒《じょうちょ》が滲《にじ》み出るのです。下々の者の舞《ま》いなど、ばたばたと見苦しいだけでしょうに」

「いやまあ、庶民《しょみん》には柚木座のわかりやすさが好ましいのでしょう。何やら派手な演出をするそうではありませんか、柚木座は」

「無学な庶民にはお誂《あつら》え向きといったところですかな。風流を解する我々にはなんともはや」

「しかし帝《みかど》の気まぐれにも困ったものです。まだお若いし、表向きのことは我らに任せておとなしくなさっておられれば良いものを。いっそのこと式部卿宮《しきぶきょうのみや》か、叔父《おじ》君のほうがやんごとなき帝位《ていい》には似つかわしかったのやも――」

宮中では物陰簾《ものかげすだれ》の陰扇《おうぎ》の陰、本音はあらゆるものの陰で交《か》わされる。

――どうせ陰口を叩《たた》くなら、絶対に誰《だれ》にも聞こえないような場所でやれば良いものを。余だとて、鋼《はがね》の心臓を持っているわけではないのだぞ。

それでも、少年は歩む速度を落とさない。足は常に前へ前へと踏《ふ》み出し、帝としての歩みも絶対に速度を緩《ゆる》めるつもりはない。この宮殿《きゅうでん》に澱《よど》む悪《あ》しきものをすべて風で吹き払い、埃《ほこり》を残さず一掃《いっそう》するまでは決して。

ひそひそと会話をしている彼らの前をすっと通り過ぎていくと、宮中人たちは一瞬《いっしゅん》不快げに目を眇《すが》め、それから一転血の気を引かせた。あわあわと顎《あご》を震《ふる》わせて、立ち去った影《かげ》の行方《ゆくえ》を見送る。

「いいい今のは」

常に側仕えの人間を置かず好きに行動することも下品だと陰口を叩かれているのは知っているが、氷見本人はなんら気にしていない。宮中人と敵対するつもりはないが、同調できない箇《か》所《しょ》まで無理に合わせるつもりもない。氷見には、氷見の好きなように振《ふ》る舞う権利がある。

少なくとも氷見はそう思っている。決して、彼らの思うような扱《あつか》いやすい傀儡《かいらい》人形になるために即位《そくい》したのではないのだ。

「――あの無駄《むだ》口を叩く暇《ひま》を仕事に回してくれれば、余も助かるんだがな」

すたすたと大股《おおまた》に抜《ぬ》け道を進み、厩舎《きゅうしゃ》に出る。宮中は広すぎて色々と不便なこともあるので、あちこちに厩舎を作って馬を置かせるようにしている。これには随分《ずいぶん》と反対意見も出されたが、氷見はあえて無視した。

氷見個人の酔狂《すいきょう》ではなく、馬は衛士《えじ》たちも使用する。火事などの際にも、馬がいるだけで逃《に》げられる人間が増える。いざというときのために、できるだけの手を打っておくことは重要だ。

「しかし、帯刀《たてわき》がいないともの足らぬな」

いつもならば、宮中を抜け出そうとすればすかさず現れる従兄《いとこ》の式部卿宮は、ここ最近は京にいない。表向きは身内の法要を兼《か》ねた私的な旅行ということで通しているが、帯刀には土蜘《つちぐ》蛛《も》たちの現状を探《さぐ》るための視察に出向かせているのだ。冬籠《ご》もりが終わって春になると、色々と動き出す。花の蕾《つぼみ》が膨《ふく》らむのは結構だが、反乱の蕾が花開くのはいっこうに嬉《うれ》しくない。

「朱鬼はどうしておるものかな。あの薄情者《はくじょう》め、近況《きんきょう》を知らせる文ひとつ寄越《よこ》さぬわ」

秋に大江山《おおえやま》で誇《ほこ》り高い生き様を見せたあの猛《たけ》る獅子《しし》のような青年のことが、何故《なぜ》か氷見は憎《にく》めない。

「帝～！　またもお忍《しの》びでお出かけになられるおつもりですかぁ!?」

一番目端《めはし》の利《き》くお目付役が留守のおかげで、氷見はお忍びのし放題だ。氷見の姿を見つけた厩《うまや》番の少年が駆《か》けつけてきて、泣きそうな顔をする。馬の世話をすることにかけては大人にひけを取らないのだが、気性《きしょう》がおとなしすぎて、氷見の良い玩具《おもちゃ》だ。

ひらりと馬に跨《また》がった氷見は、艶《つや》やかに微笑《ほほえ》んで口もとに人差し指を当ててみせた。

「内密にせよ。すぐに戻《もど》る。散歩でも昼寝《ひるね》でもしていることにしておけ。土産《みやげ》は買ってきてやるからな」

「お忍びがばれたら、また僕、怒《おこ》られます～！」

「見つからぬように励《はげ》め。宮中の平和はそちの双肩《そうけん》にかかっておるぞ」

「そんなあ、帝～！」

「たまには息抜《いきぬ》きでもせぬと、帝などやっておれぬわ。夕刻には戻る」

哀《あわ》れな少年の悲鳴を背に、氷見は軽《かろ》やかに馬を駆けさせた。

身なりをそれとなく窶《やつ》してのお忍びには慣れている。賑《にぎ》わう大通りをぶらぶらとふらついて大辻《おおつじ》の散策を楽しむこともあるし、鴨川《かもがわ》沿いを思うさま遠がけすることもある。甘味処《どころ》で評判の善哉《ぜんざい》をぺろりと何杯《なんばい》も平らげ、甘い匂《にお》いをぷんぷんさせて戻ったこともある。そのときはさすがにおつきの者たちに買い食いがばれて、こっぴどく叱《しか》られたが。

氷見が今日向かったのは、柚木座《ゆきざ》の屋敷《やしき》だ。馬を手近な木に繋《つな》ぐ。

そのまま案内も待たずに屋敷の中へ入り、氷見は物珍《ものめずら》しそうに辺りを見回した。

「……凄《すさ》まじいな。殺気が漂《ただよ》っておるわ」

役者の稽古場《けいこば》は、賑やかで活気溢《あふ》れる場所だとばかり想像していたのだが。

あっちを見てもこっちを見ても誰かしらが走り回り、床《ゆか》には装束や小物が所狭《ところせま》しと散らばり、騒々《そうぞう》しいことこの上ない。あっちの片隅《かたすみ》で死んだように眠っている男の顔には濃《こ》い隈《くま》が浮《う》かんでおり、相当に疲《つか》れているらしいことが見て取れる。

「というか、廊下《ろうか》の隅《すみ》で仮眠《かみん》を取っておること事態が異常だ。余は稽古場を訪《おとず》れたはずだが、考えが甘かったのか？　これが正しい座の姿なのか？」

どう好意的に表現しても、まともな人間の暮らす環境《かんきょう》ではない。

広い廊下の中央で腕《うで》を組んでふむ、と考え込んでいると、背中の下のほうに何かがとんとぶつかって軽い衝撃《しょうげき》を覚える。よろけるほどではない。

「おっと」

「わきゃ！」

反対に、氷見にぶつかった反動で廊下にころんと転がったものに視線を落としてみると、白火をそのまままきゅっと小さく縮めたような面立《おもだ》ちの子供がきょとんと座りこんでいたので、氷見はついおもしろくなって笑《え》みを浮かべた。

——似ているな。目や髪《かみ》の色が違うが……白火の弟か何かか？

「すまぬな。余が迂闊《うかつ》であった。怪我《けが》はないか？」

手を差し伸《の》べてやる前に、子供がぴょこんと起き上がる。こういう玩具を昔持っていたなと氷見は思い出す。

「はい。大丈夫《だいじょうぶ》です！」

そこへ、白火が稽古《けいこ》場《ば》脇《わき》の部屋からひょっこりと顔を覗《のぞ》かせた。なんだかもうこの座の中は、大きな迷路《めいろ》のようだ。幅《はば》の広い廊下の両端《りょうはし》にも大きな箱が積み上げられ、どこから何が出てくるのか皆目見当《かいもく》もつかない。

「天輪！　すまないがもう一度父さまのところへ使いに——えええ⁉　氷見のみ」

「しーっ！」

氷見が慌《あわ》てて手を伸ばし、部屋から飛び出してきた白火の口もとを手で覆《おお》う。

「騒《さわ》ぐでない。お忍びなのだ。騒ぎになっては困る」

口を封《ふう》じられながらも白火がこくこくと頷《うなず》いたので、氷見は笑ってその手を離《はな》してやった。

「久しいな白火。息災であったか？」

「はい。でもどうして氷見の」

帝が、と言いかけて慌てて口を噤《つぐ》んだ白火に、氷見は答えた。

「名で呼べ。構わぬ」

氷見の名前は、高貴な貴族同様世間には知れ渡っていない。

「わかりました」

「白火……この人だあれ？　お客さま？」

「随分《ずいぶん》と可愛《かわい》らしい子犬だな。そち、大きくなったら宮中に勤める気はないか？　ん？　よしなに引き立ててやるぞ？」

「僕、犬じゃないもん〜！」

「騒ぎを起こすなと言ったそばから騒ぎを引き起こさないでください！　天輪も、これくらいで泣くんじゃない！」

べそっと瞳《ひとみ》を潤《うる》ませた天輪を白火が慌ててよしよしと慰《なぐさ》め、氷見は呵々《かか》と笑い飛ばす。

「うむ、これこれ。こういう感じに飢《う》えておってな。宮中は静かすぎてつまらぬわ。たまに賑やかになったかと思うとおどろおどろしいしな」

「……氷見さま、それで、御用《ごよう》はなんでしょう？」

——氷見さまがひとりでお忍びってありなのか!?　帯刀さまは!?

白火が、氷見の警備役を務める皇子に心の中で助けを求める。その白火の一段と痩《や》せ細ったように見える頬《ほお》を見、氷見がさすがに心配げな顔つきになった。

「——間に合うのか？　あと半月もないが」

まるで、戦場のようだと思う。溢れる熱気が殺気の域に達している。

「まあ、本番前はいつもこんなものですから」

さらりと返され呆気《あっけ》に取られる。

根回しが基本の宮中で生き抜く氷見には、この騒動《そうどう》が理解できない。

「もっと早くから準備をさせておけば余裕《よゆう》を持てたか？　余が急ぎすぎたか？」

「いいえ。天覧能でも普通《ふつう》の興行でも、押し迫《せま》ってくるとこんな感じです。今日はいつもより

――」

白火と天輪は、揃《そろ》って稽古場を見やって肩《かた》を竦《すく》める。穏《おだ》やかさとは無縁《むえん》だが、これが芸人の日常だ。

「静かなほうかな？」

「ね」

「これがか」

「あ。猫《ねこ》、行っちゃうの？」

白火や氷見の足もとに軀《からだ》を擦《こす》りつけるようにして、真っ白な毛並みの猫がするりと玄関《げんかん》先へ歩いていく。優美な肢体《したい》の、尻尾《しっぽ》の長い猫だ。その後ろを、天輪が追いかけていった。

「天輪！　お使い忘れるなよ！」

「はーい！」

年齢《ねんれい》のわりには世慣れているところがあるせいか、ひとりで買い物に出してもそれなりに値引き交渉《こうしょう》をしたりちゃっかりおまけをもらって来たりする。天輪は、元気に駆け出していった。

氷見は白火と違《ちが》い、白い猫のほうをじっと眺《なが》めていた。

「飼っているのか？」

「え？　いいえ。いつのまにかふらっとやってきて、時々昼寝したりしていくんです。天輪が気に入ったみたいなので、飼うなら日輪座で世話すると思います。あの猫が何か？」

「いや……珍《めずら》しいと思っただけだ」

「ともかく、こんな場所ではなんなので……こちらへどうぞ」

この国の帝《みかど》を、廊下での立ち話であしらうわけにはいかない。白火は咄嗟《とっさ》に考えを巡《めぐ》らせた。

——客間……は小物の打ち合わせ中だし、どこか、氷見さまをご案内できるような場所……ええと。

どこも思い当たらなくて、結局白火は氷見を稽古場脇の装束を置いてある部屋に通すことにした。ちょうど誰《だれ》もいない。

衣桁《いこう》にかかった襲《かさね》の着物に、畳《たた》み皺《じわ》を取るために広げた金襴《きんらん》、綾織《あやお》りの帯。衣裳《いしょう》に焚《た》きしめる香木《こうぼく》と針山と糸で埋《う》もれているが、いかにも役者の裏側といった感じが氷見には興味深い。

「散らかってますけど……」

せめてものもてなしに、と、白火は縁側《えんがわ》で陽《ひ》に当てていた茣蓙《ござ》を差し出した。

「どうぞ」

「すまぬな」

「お見苦しいとは思いますけれど……、あ、針に気をつけてくださいね。あちこちの装束に仮留めの待ち針がついたままになっていますから。うっかりすると刺《さ》さります」

丁寧《ていねい》に寸法合わせをした待ち針の一本でも外れようものなら、縫《ぬ》い物を担当する朧たち女性陣《じん》が発狂《はっきょう》するかもしれない。決して大きくはない部屋だが、隅《すみ》のほうに白火は文机《ふづくえ》を持ち込んでいる。ここに脚本《きゃくほん》を置いていれば、稽古場《けいこば》で直すことにした箇所《かしょ》をすぐさま書き込めて便利なのだ。

閉じた襖《ふすま》一枚を隔《へだ》てた稽古場では、数人が稽古をし、残りは力尽《ちからつ》きて休憩《きゅうけい》中だ。

「気にせんで良いぞ。苦しゅうない、こういう雑多な感じには慣れておる」

白火は知らないが宮中の氷見の部屋も、常に似たような散らかり具合だ。

にこっと氷見が微笑《ほほえ》みかけると、白火もやっと安心したように笑う。

「それにしても、何故《なぜ》稽古場に行かぬのだ？　どうせ皆《みな》集中しているのだから、余のことに気づかないと思うぞ。それに、余は稽古を見学したいと思って訪れたのだ。このような部屋に隠《かく》れなければならぬ謂《い》われはない。疚《やま》しいことは何もないぞ。お忍《しの》びだということ以外は」

「お忍びってことだけで充分《じゅうぶん》だめです！　これ以上騒ぎが起こったら大変なことになります。ただでさえ今、蒼馬さまも有楽太夫《たゆう》も出払《ではら》っていて責任者オレなんですから」

「ただの見物人だとでも言えば良いではないか。そうだ、いっそ、余がそちの弟子《でし》ということにでもしたらどうだ？　怪《あや》しまれはすまい？」

相変わらずの歩く騒動の火種ぶりに、白火は早くも脱力《だつりょく》する。

白火も本来ならば氷見のそばにも近寄れない身分のはずなのだが、朱鬼の件以降それはうやむやになって久しい。氷見が身分意識に凝《こ》り固まっていないので、白火もそれに引きずられたようなものだ。

「思いっきり怪しまれるに決まってます！　最悪検非違使《けびいし》に連絡《れんらく》が行きかねませんから、おとなしくしていてください！」

氷見はわりと鄙《ひな》びた場所で育ったらしく帯刀よりはよほど市井《しせい》のことにも通じているのだが、いかんせん身にまとう空気が高貴過ぎる。そしてそれを自覚していない。

――ああもう蒼馬さま、有楽太夫！　お願いですからどなたか帰ってきてください～！

叶《かな》うことなら、両手を口に当てて大きな声で叫《さけ》びたい気分だった。白火には、氷見の相手は荷が勝ちすぎる。年代は一番近しいのだが、氷見を抑《おさ》えておけるほど白火は人あしらいが上手《うま》くはない。

母屋《おもや》が少しざわついたような気がして、白火はぴくんと耳をそばだてた。

「あの音は！」

困ったときのなんとやら。ほとんど獣《けもの》じみた聴力《ちょうりょく》で聞き取り、ぱっと立ち上がる。

「氷見さま、そこから動かないでくださいねっ！」

それだけ言い置いて、白火は全速力で母屋の玄関《げんかん》へ向かった。

「やっぱり、蒼馬さまだった！」

上がり框《かまち》で、座員たちに何やら受け答えしていた蒼馬の腕《うで》の中に縋《すが》りつくようにして飛びこむと、蒼馬が矢のように飛んできた白火を片腕《かたうで》で抱《だ》き取りつつ、驚《おどろ》いたように目を瞠《みは》る。

「どうした？　すごい歓迎《かんげい》ぶりだが。何かあったのか？　表に繋《つな》いである馬はなんだ」

「あのですね」

大声で騒《さわ》ぎ立てるわけにもいかないので、蒼馬を手招きする。屈《かが》んで背丈《せたけ》を合わせてくれた蒼馬の耳にひそひそと珍客《ちんきゃく》の名を告げると、蒼馬も面食《めんく》らって額に手を押し当てた。

「どうしてこういう忙《いそが》しいときに限って……」

白火とふたり、その部屋に向かうと、蒼馬は心底脱力したくなった。

「——何をやっているんですか。貴男《あなた》は、名もない役者の家に急襲《きゅうしゅう》をかけていられるほど暇《ひま》ではないはずでしょう」

「だからな」

白火が先ほど淹《い》れたお茶を啜《すす》り、氷見はのんびりと答える。

「余は余で、きちんと用があるから来たのだ」

「その格好で言われて信用できると？」

装束の山を適当にかき分け、莫蓙を枕《まくら》にごろりと寝《ね》そべった氷見は、文机の上に置いてあった『桜守』の脚本をぱらぱらとめくっていたかと思えば、うーんと伸《の》びをした。どう見ても思い切り寛《くつろ》いでいる。

「良いの、ここは。寝転《ねころ》がっても槍《やり》は降って来ぬし、お茶を飲んでも毒の味はせぬし」

「氷見さま、そんなに毎日物騒《ぶっそう》なんですか!?」

「全部を真に受けるな白火。話半分で聞いておけ。身が持たないぞ」

「ていうことは、どっちですか？　本当？　嘘《うそ》？」

「さて。そろそろ本題に入るとするか」

よ、と起き上がった氷見の爽《さわ》やかな微笑みに、白火と蒼馬は揃《そろ》って目眩《めまい》すら覚えた。馬耳東《ばじとう》風《ふう》どころの騒ぎではない。

「相変わらず世界を自分中心に回しているな……」

「さすがです氷見さま……」

「他《ほか》でもない、天覧能の件なんだが」

天覧能と言われてしまえば聞かないわけにはいかない。もとがすなおな白火はともかく、蒼馬はこっそりこめかみを引き攣《つ》らせていた。最近は天覧能本番へ向け摂生《せっせい》などもしているところだが、今夜は絶対、何がなんでも酒を思いっきり飲んでやる、と心に決める。

「そちら、多少厳しいことになっても大事あるまいな？　平たく言って、ちょっとした妨害《ぼうがい》などに遭《あ》うことになっても大事あるまいな？」

「は？」

「というのも、何やらきな臭《くさ》いことになってきておってな？　要は、余が即位《そくい》して初めての慶《けい》賀《が》が滞《とどこお》りなく終わってはおもしろくない者たちが少々おっての？」

しかも先日、御簾《みす》の中からばっちりしっかり煽《あお》ってしまった。

「どうして氷見さま、そういう内容をめちゃくちゃ良い笑顔《えがお》で楽しそうに話すんですか……？」

「それがなー。格式ある永観座が主催《しゅさい》でないことやら女《白火》を招いたことやらを、さも悪いことのように吹聴《ふいちょう》して歩いておってなー。天覧能で、ここぞとばかりに何やらやりそうなやらなさそうな、なんとも微妙《びみょう》な線になってきよったのだー。もちろん未然に防ぐ努力はしているがなー？　人間には不可能なこともあってなー？」

「今度は可愛《かわい》く言ったってだめです！」

白火の声は聞こえているというのに、氷見は軽《かろ》やかに無視して続ける。蒼馬はもう完全に苦《にが》虫《むし》を噛《か》み潰《つぶ》した顔で無言だ。

『ちょっとした妨害』などと言われては平常ではいられない。妨害の妨は妨《さまた》げの妨、妨害の害は被《ひ》害《がい》の害だ。役者として、舞《ぶ》台《たい》を邪《じゃ》魔《ま》されることは最大の屈《くつ》辱《じょく》だ。天覧能が、そうやって政《まつりごと》の裏に利用されるのも気に入らない。

「永観座に手を回して、露《ろ》骨《こつ》な妨害を企《くわだ》てたこともあったようだがの」

氷見が、ほのかに唇《くちびる》の端《はし》を吊《つ》り上げる。真っ向から刃《は》向《む》かってくるならまだしも、こういう地道な搦《から》め手を小《こ》賢《ざか》しく出してくるのは不《ふ》愉《ゆ》快《かい》だ。支配者の手の上でただ遊んでいればまだ可愛げもあるものを。

「………それで、永観座は何か」

「心配ない。座員の中に懇《こん》意《い》にしている者がおってな。今、内々に知らせてくれた礼を検討中だ。余は必要な仕事だけは迅《じん》速《そく》にする主義なのだ」

「永観座にも氷見さまの手が回っていたんですか……ていうか、色々怖《こわ》かったです今の台《せ》詞《りふ》」

「うん？　何ぞ問題でもあったか？」

氷見が居住まいを正すだけで、白火は背筋が寒くなるような思いを味わった。

——この人は、本当に帝《みかど》なんだ。

改めて、そう思う。本気になったときの重圧、迫《はく》力《りょく》が並みではない。清《せい》濁《だく》併《あわ》せ呑《の》んで呑みきって、底知れぬ力を根底に漲《みなぎ》らせているからこんなにも大きく見えて敵《かな》わない。

「だから余は直々に参ったのだ」

空気をみっしりとその身に従わせ、息をしたらぱきりと折れてしまいそうなほどの絶対零度《れいど》の微笑《ほほえ》みでもって、氷見は命令を下す。

「良いか。何がなんでも絶対に天覧能を成功に導け。失敗など聞かぬ。良いな？　いっそのこと小うるさい連中を綺麗《きれい》さっぱり叩《たた》き潰してやりたいくらいなのだが、帯刀に止められておってな。相手の血筋が血筋だけに、正面切って喧嘩《けんか》を売っては血の海になるらしいのだ」

白火たちが血の気を引かせているのを見、氷見は夏のそよ風のごとく清々《すがすが》しい表情を浮《う》かべてみせた。

「安堵《あんど》せい。余は平和主義者だ。無用な争いは好まぬわ。この曇《くも》りない純粋無垢《じゅんすいむく》な目がそう言っておろう？」

白火は一瞬黙《いっしゅんだま》り込む。真横にいる蒼馬も同じように息を詰《つ》める気配がして、ちょっと安心する。氷見は悪人ではない。それはわかっている。わかっているのだけれど。

——確か毒に身体《からだ》を慣らしてあって、多少の毒では効かないって、前に言ってた。

——毒入りの食事を献上《けんじょう》されて、逆に勧《すす》め返してやるとか言ってたな。

白火と蒼馬は互《たが》いに目配せし、賢明《けんめい》にも心の中で思ったことは黙《だま》っておくことにした。雉《きじ》は、鳴かなければ撃《う》たれない。白火も蒼馬もまだ命が惜《お》しい。

「ただでさえ大役のそちらに事前に無用な情報を告げるのも酷《こく》かとは思ったのだが、余は、見くびられることに我慢《がまん》できなくてな。そういった輩《やから》は、徹底《てってい》的にこちらから見下してやらぬと気が済まんのだ」

この矜持《きょうじ》がなければ、氷見はここまでのし上がってはこられなかっただろう。

帝の血を引きながらも生まれたときに既《すで》に父帝が亡《な》かったせいで、謂《い》われのない中傷や誹謗《ひぼう》を受け、存在すら忘れ去られていた。皇子として宮中で育てられることもなく、母親の里で傅《かしず》かれるでもなく、人目を避《さ》けるようにして鄙《ひな》でひっそりと。

己《おのれ》の置かれた境遇《きょうぐう》を理解したときの、あの凍《こお》りつくような怒《いか》りはなんなのだろうと氷見は今でも思う。よくわからない。わからないけれども、彼を今の地位に就《つ》けるまでに燃え盛らせた青白い、冷たい何か。

言いたいことを言い終わると、氷見はさっさと腰《こし》を上げる。

「それでは戻《もど》るとするか。帯刀が居《お》らぬので、雑用が溜《た》まっておってな。本当ならば朧といったか、あの娘《むすめ》の作った夕餉《ゆうげ》なども心ゆくまで馳走になりたいところであったが」

ひええ、と白火がなんだか訳のわからない悲鳴を上げる。

愛馬に跨《また》がった氷見の姿が夕闇《ゆうやみ》に溶《と》けて消えるまで見送って、部屋に戻ってきた白火と蒼馬はどっと疲《つか》れて座りこんだ。精神的に振《ふ》り回されてしまった。

「——あれだけのことを言うのに、ここまで大騒動《おおそうどう》にして帰っていったか……遣《つか》い文で済ませりゃいいものを。それか人でも使いに出しゃいいだろうに……」

「良い気分転換《てんかん》に……なったような、ならなかったような……」

「白火」

「なんですか……？」

蒼馬に見つめられると、小さな炎《ほのお》で炙《あぶ》られているように顔が赤くなってしまう。白火はこれがとても気恥《きは》ずかしくていやなのだが、蒼馬はいつも、もっと見せろと言わんばかりに隠《かく》そうとする白火の手を掴《つか》んでしまう。

やわらかい頬《ほお》が淡《あわ》い薄紅色《うすべにいろ》から次第《しだい》に赤が濃《こ》くなっていくさまを楽しそうに見守られ、白火はとうとうぷいっとそっぽを向いた。

「蒼馬さま、またわざとやってる……！」

「怒《おこ》ることはないだろう」

「いやだって言っているのにやめてくれないから、怒っていいんです！」

耐《た》えきれずに目もとを緩《ゆる》ませた蒼馬が、白火に耳打ちする。

「そう拗《す》ねるな。可愛いなと思って見ていたんだ」

氷見の操《あやつ》る毒よりもまだ強く、蒼馬の言葉は白火を一瞬《いっしゅん》にして射貫《いぬ》く。

「もう、蒼馬さま！　時間もないんだし、そろそろ夜稽古《げいこ》に」

恥《は》ずかしさのあまり手足をばたつかせて怒り出した白火に、蒼馬は一転して真摯《しんし》な眼差《まなざ》しを浴びせる。

「白火」

「なんですかっ」

「いや……今はまだいい」

物言いが蒼馬らしくなくもどかしそうで、白火は暴れるのをやめ、きょとんと蒼馬を見上げた。

この世でもっとも可愛らしい琥珀《こはく》を見つめ、蒼馬が告げる。

「天覧能が終わったら——お前に言いたいことがある」

「真っ白だ……！」

雪ではない。

雪よりも白い白。たくさんの白。溢《あふ》れる清らかな色彩《しきさい》が壮観《そうかん》で、白火は感嘆《かんたん》のため息を零《こぼ》した。

揃《そろ》いの白装束がこうも揃うと圧巻だ。

舞台の仕上げに走り回る人間も、支度《したく》部屋を取り仕切る人間も、抑《おさ》えきれない緊張《きんちょう》に身を強《こわ》ばらせている人間も、天覧能に関《かか》わる人間は皆《みな》、心と身体を清める意味合いを込めて、朝からおろしたての真っ白な着物に袖《そで》を通している。この装束は、前もって蒼馬が用意させておいたものだ。きらびやかな舞台装束とは違《ちが》い、清冽《せいれつ》な絹の白が心をきりりと引き締《し》めるかのようだ。

荷物は昨日のうちにほとんどを運び込んであったけれど、ぎりぎりになったものが荷台いっぱいに積み上がってしまった。早朝、明けきらないうちに荷台を引いて裏道から宮中に入り、場当たり稽古から支度に取りかかる。

見事な桜の古木の並ぶ奥庭の、一際《ひときわ》大きな桜の下に舞台《ぶたい》を設《しつら》える。設えは宮中衛士《えじ》たちに見張られながら、自分たちの手でひとつひとつこなす。宮中の警備に命をかける衛士たちが芸人の手伝いなどしないのは当たり前だが、持ち込む荷物のひとつひとつ、手順のいちいちにまで細かく見張られ、重臣たちに遠巻きにされながら規制されるのは参った。

「結局お舞台作るのに、いつもの倍以上の時間かかったもんな……」

そうして出来上がった舞台の正面、朱塗《しゅぬ》りの階《きざはし》と広い廊下《ろうか》を隔《へだ》てた畳敷《たたみじ》きの広間がひとつ、氷見の座所として拵《こしら》えを尽《つ》くされ、桜の若葉と色を揃えた浅緑の御簾《みす》を垂らしてある。氷見はそこから見物するらしい。帝ともなると、たとえ宮中の人間にであろうとも滅多《めった》にその姿を見せてはいけないことになっているらしい——それはもちろん建前だけのことで、裏では氷見は好き放題にやっているのだが。

表向きは、氷見は誠実堅実《けんじつ》、理想の賢君《けんくん》で通っている。

ほかの貴族たちもその広間の両端《りょうはし》や端近《はしぢか》なところに席を取り、舞台横の庭に詰めかけているのは女官や宮廷《きゅうてい》に仕える者たち、そして宮中出入りの商人たちだ。

「座る場所からして身分によって決められているなんて、面倒《めんどう》なもんなんだな、貴族って」

ここは、控《ひか》え室として用意された板敷《いたじ》きの部屋だ。舞台から少し離《はな》れているけれど、いくつかの部屋を今日だけ柚木座《ゆきざ》に開放されているので、皆が身体をほぐしたりぎりぎりまで稽古をしたり、ざわざわとした活気と興奮と緊張と。

走り出す直前のような、祭りの前夜のような熱さの中で芸人たちは更《さら》に更に身体の中の炎を煽《あお》り立てられていく。

白火は一通りの舞台の確認《かくにん》が済んでから軽く腹ごしらえをし、鏡の前に陣取《じんど》った。多少ぎこちない手つきで、白粉《おしろい》を手に取る。

能一座にあるまじきことに、白火はこれまで化粧《けしょう》をしたことがあまりない。面を着けていれば必要なかったし、直面で舞《ま》うときも、根が白く日に焼けにくい肌質《はだ》なので、日焼けを隠す白粉など必要なかったのだ。少女であればそれなりに手入れも気にし始める年頃《としごろ》なのだが、白火は化粧には興味がないせいか縁遠《えんどお》かった。

——嵯峨野《さがの》の山荘《さんそう》で、そういえば化粧されたことがあったっけ。

侍女《じじょ》たちのなすがままだったので、よく覚えていないのだけれど。

白くしっとりとした粉の入れ物に顔を近づけ、くんと匂《にお》いを嗅《か》いでみる。

「甘い、みたいな麝香《じゃこう》みたいな……？　不思議な香《かお》りだなあ」

事前に教わった手順を思い出し、丁寧《ていねい》に白粉を叩《はた》き、両手で軽く押さえて肌に馴染《なじ》ませる。

そのほかに、眉《まゆ》と唇《くちびる》には細い筆を使って京紅を刷《は》く。これは役者はもちろん囃子方《はやしかた》も皆、天覧能に関わる人間はすべて眉に紅を差す。

濃赤《こいあか》のこの色は本来魔除《まよ》けの呪《まじな》いの意味合いがある。清浄《せいじょう》たる宮中に魔《ま》を持ち込まないため、つつがなく天覧能を執《と》り行うため、貝殻《かいがら》に詰《つ》めた京紅を白火も眉の端《はし》に差し、細い化粧筆で唇に乗せていく。

厳《おごそ》かな気持ちで、椿油《つばき》を染《し》みこませた柘植《つげ》の櫛《くし》で髪《かみ》を梳《す》き終えたちょうどそのとき、天輪が駆《か》け込んできて大きな声で白火を呼んだ。

「白火！　大変だよ、白火！　どこ⁉」

「天輪？　ここだ」

天輪のそばには音若《おとわか》がいて、このふたりはもうすっかり身支度が済んでいる。白火が自分の支度に取りかかる前にすべて整えておいたのだ。どこから走ってきたのか、息を切らせた天輪が白火の腕《うで》に取り縋《すが》ってきた。音若も心なしか青ざめているように見える。

「どうしたんだふたりとも。何かあったのか？」

落ち着かせるように大きな瞳《ひとみ》を覗《のぞ》きこんでやると、天輪がけほけほと咳《せき》をしながら白火の胸《むな》もとをぎゅっと摑んだ。

「お舞台が濡《ぬ》れてる！　びっしょりなの！　さっき知らない男の人たちが来て、桶《おけ》の水をざばって……！」

「なんだって……!?」

控えの間が、水を打ったように静まり返る。

「舞台が……？」

音若も、白火の戸《と》惑《まど》った視線を受けて力強く頷《うなず》いた。

「天輪の言う通りだよ。だから俺たち、知らせに来たんだ。あいつら、泥水《どろみず》を撒《ま》いていった。知らない人たちだったよ。な、天輪」

「うん。知らない、怖《こわ》い人たちだった。怒っているみたいな顔してた」

「泥水⁉」

白火の頭が一瞬真っ白になった。

檜《ひのき》の板を使った舞台は、夜明け前に鏡のようにぴかぴかに磨《みが》き上げたばかりだ。滑《すべ》りすぎると困るから少し松脂《まつやに》を薄《うす》めたものを塗《ぬ》って、更に乾拭《からぶ》きをして。

少し濡れただけでも滑りやすくなる繊細《せんさい》なものなのに、泥水となればもう救いようがない。

「――これが、言っていた『妨害《ぼうがい》』か？」

廊下から控えの間に入ってきた蒼馬が、重々しく呟《つぶや》く。蒼馬も白装束の身支度を調《ととの》え、眦《まなじり》に紅を鋭《するど》い線を描《えが》くように入れていて、それが一層色香《いろか》溢《あふ》れる目もとを強調していた。

「くだらん真似《まね》をごちゃごちゃと」

宮中に入る際の厳しすぎる身分確認や荷物検査などで、ただでさえ座員たちは精神的に少し疲《つか》れている。とどめにこれだ。ひとつひとつは細かいただの嫌《いや》がらせに過ぎなくても、溜《た》まり溜まっていくと無視できない。

さすがに蒼馬も舌打ちしたくなる思いだったが、有楽が年の功でたしなめる。とはいえ、その顔もかなり苦々しい。

「もう全員控えの間に下がっていたからな……その隙《すき》を突《つ》いてきたのだろう。坊《ぼう》たちが知らせてくれて助かった。お手柄《てがら》だったたな」

天輪たちも、舞台が濡れているとどうなるかよくわかっているのだ。

「全員で拭《ふ》こうにも、これではな……」

蒼馬が支度を終えた一同を見回して渋面《じゅうめん》を作る。全員揃《そろ》いの純白が、今となってはあだとなった。白絹で衣裳《いしょう》を揃えたのは、興行を前に心身を潔斎《けっさい》した証《あかし》。染みひとつつけるわけにはいかない。興行が終了《しゅうりょう》したあと、全員揃《そろ》って白絹姿で挨拶《あいさつ》をする予定になっているのだ。

白装束についた染みひとつで、今日の真価が問われてしまうことになる。しょせん泥臭《どろくさ》い衣服が似合いだと嘲笑《あざわら》われているようで腹が立つ。

「そろそろ刻限も迫《せま》っています。拭き取るくらいはなんとかできても、松脂までは間に合いませんよ」

隼人が、気がかりそうに部屋の中から空を見上げる。陽《ひ》がすっかり昇《のぼ》って、そろそろ幕を開ける時刻だ。

「ちくしょう……白絹の着替《きが》えは何人分ある？　最悪、その人数だけでも掃除《そうじ》に回せ」

白火たちが控え室に引っ込んだのと交代するように、もう客席には人が集まり始めている。大勢の観衆の賑《にぎ》やかな気配が、少し離れた控え室にまで伝わってくる。万事《ばんじ》つつがなく終えなければならないこの興行で、幕開けから躓《つまず》くことなどできない。それをわかっていて、わざと舞台を穢《けが》された。子供じみているけれども、やることが陰湿《いんしつ》だ。

――ひどいことを……。

ふつふつと怒《いか》りがこみ上げてくるのを白火は感じる。役者にとってもっとも神聖な場所を冒《ぼう》瀆《とく》されて、黙《だま》っていられる人間はいない。

「柚木座、待て。……静凪」

宮中人の知己《ちき》に部屋を貸し出させて使っていた井澄も、騒動《そうどう》を嗅ぎつけたのか控えの間にやってくる。

小さく一声かけるだけで、廊下《ろうか》に膝《ひざ》をついた静凪が心得たように会釈《えしやく》した。

「はい、太夫《たゆう》」

「何人か手伝いに寄越《よこ》せ」

「そうですね。見物席に、永《う》観座《ち》の人間が何人か招待されて来ているはずですから」

静凪があっさりと了承《りようしよう》して姿を消す。貴族たちのお供として訪《おとず》れているだろう座員たちだが、井澄の命令であれば、何よりも最優先で従う。

「よろしいのですかな、井澄太夫」

有楽が気にすると、井澄が凄絶《せいぜつ》な笑《え》みを一瞬《いつしゆん》浮かべた。

「――舞台《ぶたい》を穢すなど、万死《ばんし》に値《あたい》する所業だ……」

般若《はんにや》の面よりも禍々《まがまが》しい表情は、すぐに消える。

「永観座の方の手を貸していただけるなら、お衣裳も汚《よご》れませんね。良かった～……どうかしたんですか？　蒼馬さま。有楽太夫も。なんだか顔色が悪いような……大丈夫《だいじょうぶ》ですか？」

「いや、お前が見ていなかったんならいい」

珍《めずら》しくも凍《こお》りついたような蒼馬の表情が気になったが、白火はほっと安堵《あんど》する。

本当なら今すぐにでも掃除に飛び出していこうと思っていたのだが、永観座の人間に手伝ってもらえるなら、それに越《こ》したことはない。丸一日かけて挑《いど》むこの興行では、ちょっとしたことでも舞台に響《ひび》いてしまうことが多い。自重し、体力をきちんと温存しておくことも白火の務めだ。

「柚木座《ゆきざ》。時間を稼《かせ》げ」

「わかっている」

静凪は、客席から手勢を連れてそのまま舞台に直行するという。

泥水を拭き取って乾《かわ》かし終わるまで、少なく見積もっても四半刻から半刻ほど。舞台には幕を下ろしてあるから人目にはつかないとはいえ、密《ひそ》やかに、悟《さと》られずにことを済ませるためには多少、観客の注意を惹《ひ》きつけておかなくては。不自然になることなく、あくまで花見の宴《うたげ》の華《はな》やかな余興として。

めまぐるしくそこまでを計算し、蒼馬は一瞬《いっしゅん》目を閉じた。

白火の腕を摑《つか》んで引き寄せる。

「蒼馬さま？」

腕の中にすっぽりと収まる細い体軀《たいく》が、今日は純白の絹に包まれているせいか桜の花よりも淡《あわ》い儚《はかな》さを漂《ただよ》わせている。触《ふ》れた指先は温かい。ふわりと振《ふ》りまかれている白粉《おしろい》の香《かお》りと、さらさらと零《こぼ》れる、陽射《ひざ》しと同じきらめきを細くやわらかく縒《よ》った絹糸の髪。

清楚《せいそ》な拵《こしら》えの中で唯一《ゆいいつ》、ふっくらと差された口紅が際《きわ》だって艶《なま》めかしい。

白火を腕に抱《だ》いていると安心する。

蒼馬の腕に抱かれていると安心する。

「——俺を信じられるか？」

琥珀《こはく》の双眸《そうぼう》は、いつだって蒼馬をまっすぐに見上げて清々《すがすが》しい。

「もちろんです」

迷いのない答えに、蒼馬は満足そうに微笑《ほほえ》んで白火を促《うなが》した。

「行こう」

ざわざわと観客が楽しみに幕開きを待つ中、氷見も既《すで》に出御《しゅつぎょ》し、薄幕《うすまく》の張り巡《めぐ》らされた座所で始まりの時を今か今かと待ちわびていた。

さら、と御簾《みす》が揺《ゆ》れて背後に人の気配がある。

「入れ」

氷見が振り返りもせずにちょいちょいと檜扇《ひおうぎ》の先を動かすと、その気配はすっと優雅《ゆうが》に、薄い御簾を微塵《みじん》も揺らしもせずに入ってくる。極上《ごくじょう》の伽羅《きゃら》の残り香《が》に、剣《けん》の鉄鞘《てつさや》の硬《かた》い香りがかすかに入り混じる。

彼を見て思い浮《う》かべるものはやはり月光だろうか。それと、月の光を際立たせる夜の宵闇《よいやみ》。

氷見は満面の笑みを浮かべて脇息《きょうそく》にゆったりと片肘《かたひじ》を置いたまま、首をわずかに捻《ひね》った。

「間に合ったか、帯刀。ぎりぎりだったな」

「帰りしなに少々手間取った」

氷見はふと眉《まゆ》をしかめる。

「報告は良いものしか聞きたくないぞ。できる限りの手間を省くためにそちを遣《つか》わしたのだからな」

そうでなければ、誰《だれ》が書類仕事を手伝ってくれる貴重な人材を数ヶ月も手放すものか――書類の決裁用に使っている部屋から、先日とうとう書類が溢《あふ》れだしてしまった氷見がこっそりとため息をつく。お目付役がいないからと少々羽根を伸《の》ばしすぎてしまったらしい。せめて仕事部屋のあの書類の山が半分くらいに減るまでは、掃除を担当する者からの苦情も途切《とぎ》れないだろう。今日からはあまり眠《ねむ》れない夜が続きそうだ。

「承知している」

くるりと振り向いて、ようやくその皇子の姿を視界に入れる。

怜悧《れいり》、玲瓏《れいろう》。

冴《さ》え渡る硬質《こうしつ》な美貌《びぼう》には、甘さを削《そ》ぎ取った伽羅の香《こう》がよく似合った。旅の疲《つか》れか、髪《かみ》が一筋はらりと振り落ちているさまがかえって艶《つや》を増している。

帯刀が、声を低く落として囁《ささや》くように告げた。

「伝言が」

「聞こう」

「未《いま》だ取り込み中だ、おとなしく待っていやがれ、と」

ぱち。

薄《うす》く檜《ひのき》を削いで板状にしたものを要《かなめ》でまとめた扇《おうぎ》が、爽《さわ》やかな音を立てる。

ぱちり、ぱちり。

考え事に集中しているとき、檜扇を鳴らす癖《くせ》があることをこの少年帝《てい》は気づいているのだろうか。

「朱鬼《あやつ》らしいな。それで、そちから見てどう思った？　まとめられそうか？」

それを見極《みきわ》めさせるために、わざわざ帯刀にここしばらく、朱鬼の動向を探《さぐ》るよう申しつけたのだ。

『土蜘蛛《つちぐも》』を、という箇所《かしょ》を氷見はあえてぼかす。彼らがそう呼ばれることを、決して好んではいないと知っている。帯刀は深いため息に混ぜて答えた。

「説得が下手《へた》、気が短くて口より先に手が出る、ひとたび激昂《げっこう》すれば喧嘩《けんか》などという可愛《かわい》いものではない騒動を引き起こす男が、反乱分子をまとめられるなどと、どうして思う」

「朱鬼相手に相当に苦労してきたな、そち。まあ、あれが相手では仕方あるまい。水と油のようなものだな」

相容《あいい》れない。混ざり合わない。形成から、そもそもの始まりからして何もかもが帯刀と朱鬼は違《ちが》う。帯刀は生粋《きっすい》の宮中人であり貴族だ。朱鬼は根っからの盗賊《とうぞく》だ。

その真ん中に、氷見がいる。

——朱鬼のあの牽引《けんいん》力をしても、未だ収めきれぬか。思っていた以上に手がかかりそうだな。

国中に散らばる、鬼の末裔《まつえい》たち。氷見が鎮《しず》めなくてはならないと決めているものの中でも、もっとも厄介《やっかい》そうな火種だ。

「まあ、手のかかる子供ほどかわゆいとも聞くし……」

御簾の向こうに漂う桜の花びらにふと目を留める。ここは薄い御簾に護《まも》られた宮中の奥津城《おくつき》。十重《とえ》二十重《はたえ》に護られた、安全な、安全な場所。ぬるま湯の中に漂っているようなこの平和は、紙一重《ひとえ》のものでしかない。

「カイは戻《もど》っておるのか？」

「ああ。今、ついでに天覧能の様子を見てくると」

忍《しの》びの長の少年がひょいひょいと氷見の座所にまで気楽に出入りしている事実を宮中警備を担当する衛士《えじ》たちが知ったら、即座《そくざ》に辞職願の山ができるかもしれない。

「そうか。まあ、報告の残りはあとで聞く。刻限もちょうど良い頃《ころ》だ。今日は、旅の疲れを癒《いや》して存分に楽しむが良かろうぞ」

帯刀との話が終わるまで、きちんと姿を消していた気配りの上手《うま》い小姓《こしょう》が現れて、手際《てぎわ》よく湯茶を饗《きょう》する。

「なんだ、茶か。酒ではないのか？」

「帝《みかど》が朝から赤い顔をしているつもりか？」

「良いではないか。せっかくのめでたい席なのだぞ。固いことを申すな」

「さして強くもないくせに、無理をして飲む必要はあるまい。どうせ夜は宴であろうが」

「失敬なやつだなそちは！　余は酒を味わって雰囲気を楽しむ質なだけだ。決して弱くはないぞ弱くは」

自分は酒を水のごとく飲むからといって、と氷見がむくれてぶつぶつと文句を言っている。

そのさまに、帯刀は少し目を細めた。

酒に弱くはないというのは、氷見にとって絶対に譲《ゆず》れない男の矜持《きょうじ》らしい。

こういうところが、帯刀と氷見の違いだ。色々なことに雁字《がんじ》搦《がら》めにされて育った帯刀と違い、氷見は時々開けっぴろげというか、豪快《ごうかい》なほどに我を通したりわがままを言うことがある。

己《おのれ》の欲望《よくぼう》に正直なのは子供の証《あかし》だが、帯刀にとって氷見のこれは好ましい。決められたことしかしない帝には、到底《とうてい》心ある政《まつりごと》などできまい。帝が傀儡《かいらい》であっては、特定の貴族たちが図に乗ってはびこるだけ。それは氷見も帯刀も認めるつもりはないし従うつもりもない。

氷見と帯刀は、ある意味で戦友だ。

帯刀は低く喉《のど》を鳴らし、優雅なしぐさで、桜の香《かお》りを移した茶を口に含《ふく》んだ。

全国の山中を飛び回って追われて駆《か》け巡っている朱鬼を探し出すのは、帯刀でさえも骨を折らされた。仲間たちに略奪行為《りゃくだつこうい》をやめるよう説得して歩いている朱鬼は、土蜘蛛たちからは裏切り者の烙印《らくいん》を押されている。

裏切りには死を——朱鬼の置かれている立場はなかなかに厳しいが、当の本人はいたって元気に走り回っている。夜盗をしていたときの痛々しいような虚勢がすっかり洗い流されて、凪いだ、良い隻眼《め》をしていたように思う。その傍《かたわ》ら、失った右腕《みぎうで》の場所には、瑪瑙《めのう》の首飾《くびかざ》りをつけた女がそっと寄り添《そ》っていた。

「——間に合って良かった」

氷見にも聞こえないよう、帯刀は舞台《ぶたい》を眺《なが》めて密《ひそ》やかに呟《つぶや》く。

帯刀も待ち焦《こ》がれた白火の復帰。もうじきだ。

「少し刻限が遅《おく》れておるのではないか？」

氷見が、天空の太陽を見て時間を気にし始める。陽《ひ》が昇《のぼ》りきったから、いつ始まってもおかしくない。それにしては舞台裏が少し浮き足立っているように感じる。

観客もそろそろだと口を噤《つぐ》んでじっと待ち、氷見が首を傾《かし》げたその瞬間《しゅんかん》。

ぴいい。

幕の中から人の耳目《じもく》を集める鋭《するど》い笛の音がして、気を取られた一瞬《いっしゅん》をつき、幕前にふたつの人影《ひとかげ》が現れる。

白絹に身を包み、呪《まじな》いの紅を眦《まなじり》に飾《かざ》った役者がふたり、片膝《かたひざ》をつき、拳《こぶし》を床《ゆか》につけて軽く頭を垂れる。

「――春のこの良き日を言祝《ことほ》いで、僭越《せんえつ》ながら我らが口上申し上げ奉《たてまつ》ります」

朗々と張った青年の声が庭の隅々《すみずみ》にまで響《ひび》く。蒼馬の声は独特なもの。低く甘く、抗《あらが》うことさえできないほど色香《いろか》の滴《したた》る声だ。耳朶《じだ》を打ち、あっというまに頭の芯《しん》と心の臓を掴《つか》む。

「そのようなことは事前に聞いておらぬ。出過ぎた真似《まね》は控《ひか》えよ」

御簾《みす》の下座近くに控えていた重臣が居丈高《いたけだか》に言い放つ。

「芸人ごときが声高《こわだか》に口上などと、思い上がりも甚《はなは》だしい」

「待て。良い余興ではないか」

氷見が御簾の奥からそう取りなすと、泰然《たいぜん》とした蒼馬はともかく、白火はどこか緊張《きんちょう》しているように見えた。

「……白火？」

帯刀が不審《ふしん》に思って腰《こし》をあげかけると、姿なき声がそっと耳打ちしてくる。

「舞台が濡《ぬ》らされちゃって、時間稼《かせ》ぎしないと間に合わないみたいだよ。やることはまあ子供じみてるけど、陰険《いんけん》だよね～。黒幕はあの人たちみたい」

すっと溶《と》け出すように背後に現れたカイが、貴賓《きひん》席に陣取《じんど》っている重臣たちのうちのひとりを指さす。氷見の血縁《けつえん》ではあるが権力欲《よく》が強く、何かと煙《けむ》たい叔父《おじ》だ。

天覧能の開催《かいさい》は表向き歓迎《かんげい》されたが、腹の底では失態を願っている者も多い。重臣たちの半分ほどが、氷見の即位《そくい》に納得《なっとく》してはいるものの、氷見が実権を握《にぎ》り始めていることに不満を覚えている。

「――こまごまと色々やってくれるものだな。よほど退屈《たいくつ》なのであろうな。ふふふ、今後、悪戯《いたずら》する気にもなれないほどの鄙《ひな》にでも飛ばしてやろうか……あ、退屈する余裕《よゆう》もないほど仕事で忙殺《ぼうさつ》してやるほうが親切というものか？　そのほうが人材の有効活用になって無駄《むだ》がないな。どっちにせよ、楽しみにしておるがいいわ」

ほの昏《ぐら》い笑いを嚙《か》み締《し》めたのも束《つか》の間、氷見はすぐに帝としての顔を取り戻す。

「柚木座《ゆきざ》。続けよ」

「は」

蒼馬と白火が畏《かしこ》まって再び頭を下げる。

「しかし帝、女まで堂々と御前《ごぜん》に上がるなど図々《ずうずう》しいにもほどがあります！　せめて柚木座の若太夫《わかたゆう》ひとりにして、女は下がらせるべきです！」

「うわあ……あの人、以前の上部《かんべ》さんそっくりだ……」

我慢《がまん》できずに、白火がそっと口の中で呟く。叩《たた》きつけられる差別は、永観座で耐性《たいせい》がついている。

──なんでも、経験しといて無駄にならないもんだなあ。

白火など、妙に感心してしまうほどだ。

「続けよと申したのだぞ、余は」

一睨《にら》みで重臣を黙《だま》らせ、氷見はぱちりと檜扇《ひおうぎ》を弄《もてあそ》ぶ。幾重《いくえ》にも垂れ下がった薄《うす》い紗幕《しゃまく》の彼方《かなた》、氷見がどんな表情を浮《う》かべているのかは白火たちには見えないが、彼特有の、楽しげな笑《え》みを含んだ声がはっきり聞こえる。

「だがそうか、女か……そう言っておるぞ？　そち、女性の身でありながら舞台に上がることに、なんぞ申し開きはあるか？」

少年帝《てい》の他愛《たわい》のない問いかけに見せかけて、弁解の余地を与《あた》えられる。

白火ははっとそのことに気づき、全身を強《こわ》ばらせた。

「──白火」

蒼馬が気遣《きづか》うようにちらりと視線を流してくる。

──大丈夫《だいじょうぶ》です、蒼馬さま。

稽古場《けいこば》で、あるいは柚木座の屋敷《やしき》、永観座の屋敷で言われたのなら傷ついていたであろう言葉の数々に。

白火はめげない。

　ここは舞台だ。白火がもっともしなやかに、したたかに輝《かがや》ける舞台の上だ。役者にとっての聖域であり神域であり魂《たましい》の拠《よ》り所。舞台の上でなら、白火に怖《こわ》いものなど何もない。

　──オレは、何も恥《は》じることなどないのだから。

　女の身で舞《ま》っている。それの何が悪い。

　後ろ指さされるような覚えは何ひとつとしてない。そう胸を張れるようになったのは、数多《あまた》の障壁《しょうへき》に苦しんでいたときに、いつも必ず支えてくれる頼《たの》もしい腕《うで》があったからだ。

　──蒼馬さま。

　貴男《あなた》にどれだけ感謝しているか、どれだけ憧《あこが》れて励《はげ》まされて力づけられたか。

　──オレは一生かかっても、きっと言葉にしきることはできないと思います。

　だからこそここで怯《ひる》むわけにはいかない。蒼馬の力を借りず、氷見の前で、皆《みな》の前で、堂々と説明しなくては。

　唇《くちびる》を引き結んで凛然《りんぜん》と顔を上げ、結髪《ゆいがみ》の先をさらりと春の朝風に流す。そうして朝陽《あさひ》の中に居ると白火の輪郭《りんかく》がうっすらとした光の中で淡《あわ》く霞《かす》み、どこか人ではないような雰囲気さえ漂《ただよ》う。

「恐《おそ》れながら」

　小さく紅を刷《は》いた唇が、ゆっくりと言葉を紡《つむ》いだ。悠然《ゆうぜん》と微笑《ほほえ》みを浮かべたかったが、やはり緊張して指先が氷のように冷たい。声が震《ふる》えないようにするのがせいいっぱいだ。こういう土壇場《どたんば》で我を張れるほど度量が大きくなるためには、まだまだ修行《しゅぎょう》が足りない。

永観座の井澄に出会って得た答え。今心に浮かんで言葉になる、これが白火の答え。

「白火は白火。男女の垣根《かきね》を乗り越《こ》えて、ひとりの舞い人として舞台を相務めさせて頂きたく存じます」

実際に口にしてみて胸にすとんと落ちる、これは白火の野望だ。

反対されるのなら、見せるしかない。納得させるしかない。

白火は今までも、女だからと蔑《さげす》まれながらも舞って魅了《みりょう》し、そのたびに少しずつ認められてきた。今後もこの壁《かべ》はきっと立ちはだかるだろう。前例がないことを頭の固い人間と歴史を重んじる人間は疎《うと》むものだから。

それを一概《いちがい》に悪いと決めつけるつもりはない。義があるのなら通せばいいし、己《おのれ》の信じる道、護《まも》りたい道があるのなら護り通せばいい。

ただ、白火も白火の義を通すだけだ。

――オレ以降、女性の舞い人が現れても。絶対に、女だからっていう理由だけで諦《あきら》めさせたりはしたくない……！

世の中が認めないというのなら、白火はその先陣《せんじん》を切る。今、そう決めた。役者が泣くのは芸に関してのことのみだ。性別の問題なんかで無駄な涙《なみだ》は流させない。

きりりと、琥珀《こはく》の双眸《そうぼう》が強く凝《こご》る。

「それは重畳《ちょうじょう》」

氷見が満足そうに頷《うなず》き、蒼馬が言い添《そ》える。

「その覚悟《かくご》に賛同し、柚木座は日輪座の白火を、正式に迎《むか》え入れることに相成りましたこと、ご報告申し上げます」

「――ほう」

氷見が開いた檜扇の陰でちょっと笑ったことに気づいたのは、きっと蒼馬だけだろう。

「ならば、祝儀《しゅうぎ》だ」

氷見が側仕《そばづか》えの小姓《こしょう》に命じて、桜の一枝を手折《たお》らせた。

「金銀の宝玉よりも、こちらのほうが桜天女《てんにょ》にはふさわしかろう」

御簾をはねのけ、氷見が端近《はしぢか》にまで出向いてくる。

「そんな、帝《みかど》自らがわざわざお出ましになるとは……！」

堅苦《かたくる》しさを美徳と重視する重臣などはもう泡《あわ》を吹《ふ》いて倒《たお》れそうな勢いだったが、氷見は晴れやかに笑い飛ばした。

「良いではないか。花の盛りの一日に、野暮《やぼ》は抜《ぬ》きだ」

白火に向かって差し出された、薄紅色《うすべにいろ》に染まった雲をまといつかせたような、たわわに花びらを咲かせた桜の一枝。

「ありがたき幸せにございます……！」

白火は畏まり、深く頭を下げながら、掲《かか》げた両手でその枝を受け取った。

客席からの視線は、感嘆《かんたん》が少しと蔑みが半分以上だ。

何故《なぜ》芸人ごときに、帝自らがここまでなさるのか。

人々の思っていることを一言一句、そのまま言い当てられそうなあからさまな視線が重い。

これをはねのけ、むしろ引き寄せるほどの舞《ま》いを舞わなくてはいけない。

普通《ふつう》ならば竦《すく》む。

けれど、ここは舞台《ぶたい》。

白火はそっと息を吸いこむ。舞台裏で、こつんとかすかな合図が聞こえる。支度《したく》が間に合ったのだ。

「それでは」

白火と蒼馬が一動作で立ち上がり、ぱっと左袖《そで》を抜く。

舞台拵《ぶたいごしら》えの白絹の裏に、蒼馬は紅、白火は淡紅《うすべに》。上質の絹の上には金糸銀糸の桜の刺繍《ししゅう》。

桜の化身《けしん》のひとつがいのごとき麗《うるわ》しい姿に、観客は目を奪《うば》われてしまった。少女の声と青年の声がまったく同じ調子で謡《うたい》を紡ぎ声を重ねる。響《ひび》き重なる、優雅《ゆうが》な旋律《せんりつ》。

「この春に酔《よ》い痴《し》れて　いざや舞わん　この喜びを」

緋色《ひいろ》の幕が、切って落とされる。

華《はな》やかに。いざ華やかに。

この春の佳《よ》き日を花色に染めて。

五番目　鬼《さ》の章

かん、と。

神々に捧《ささ》げる拍子木《ひょうしぎ》の音で幕を開けた舞台は、たとえるなら桜吹雪《さくらふぶき》そのもののようだった。薄紅色の嵐《あらし》のただなかに生まれて初めて立ったときのような、巻きこまれる熱気と狂乱《きょうらん》。長く寒い冬を経《へ》て、ようやく花を咲《さ》かせることのできた桜の歓喜《かんき》の瞬間《しゅんかん》であり、もっとも美しさが映《は》える瞬間でもある。

散る直前の、最高に熟《う》れて開いて悦《よろこ》びに染まった桜の、生命の息吹《いぶき》が視覚《しかく》を超えて五感すべてに訴《うった》えかけてくる。

嬉《うれ》しい、また咲くことができて嬉しい、また春を感じることができてとても嬉しい——と。

薄紅《うすべに》の喜びに染まった花びらが青空を覆《おお》い尽《つ》くす中、桜の香《かお》りに酔って、役者の熱に酔う。

極上《ごくじょう》の春の供物《くもつ》。これ以上の喜びがあるだろうか。

一番目には、有楽太夫《たゆう》がさすがの重みを生かし、『鶴亀《つるかめ》』を荘厳《そうごん》に舞った。春の舞台には欠かせない『嵐山《あらしやま》』では、一陽太夫が女舞いで白火の父親らしく爽《さわ》やかな中に色香《いろか》の滲《にじ》む舞いを見せ、弱小一座など取るに足らないとたかをくくっていた宮中人たちの度肝《どぎも》を抜く。間狂言《あいきょうげん》の『猿《さる》の聟《むこ》入り』で、天輪と音若が可愛《かわい》らしい姿を披露《ひろう》したのも稚《いとけな》くて愛らしかった。

小さな手に小さな舞扇《まいおうぎ》を持ち、大人たちに混じってあれこれやっている姿が微笑みを誘《さそ》う。小さな足袋《たび》に包まれた足の跡《あと》は、きっと桜の花びらと同じ形だ。

「『神』の演目だけでも充分華《じゅうぶんはな》やかじゃのう……」

「あれが白火の弟か。なかなか面差《おもざ》しが似ておるわ。上手《うま》いしな」

「もう片方の子供も筋が良いな。永観座の子方か……」

「双方《そうほう》の太夫とも互《たが》いに引けを取らない、風格のある舞いですことね」

「さて、次は『男』の演目。柚木座《ゆきざ》蒼馬の独壇場《どくだんじょう》であろうな」

番組次第《しだい》には、次は『田村』と記されている。演目だけで、演者の名前はどこにも記されていない。永観座以外の能など能ではない、と即座《そくざ》に席を立とうと気色ばんでいた面々も、客席でこっそりと肘《ひじ》を突《つ》き合う。

「御身《おんみ》は、そろそろ帰られるはずでは……？　身分賤《いや》しい芸人の舞《ま》いなど目の穢《けが》れと、あれほどご立腹でいらしたではありませんか」

「いや……まあ、その……。もう、ちょっと……」

女席は今日、それぞれが趣向《しゅこう》を凝《こ》らした着物に袖を通し、思うさまめかしこんで、大輪の花が咲き誇《ほこ》ったかのようだ。桜に合わせた紅、空に合わせた青。淡《あわ》い色濃《こ》い色取り混ぜて、宮中の華たちは帝の目を楽しませるために生き生きと装いを凝らす。

「次は蒼馬さまの出番ですわね。男舞いですもの。本領発揮ですわ」

「ええ、いよいよ。楽しみでもう、のぼせそうですこと」

年若い女官たちは、休みには宮中を離《はな》れて買い物や、能見物にも訪《おとず》れる。蒼馬贔屓《びいき》の女官たちが示し合わせてひとかたまりになって見物している。氷見の目に留まるよう、貴族が競《きそ》うように娘《むすめ》たちを宮中に入れてくるから、おつきの女官たちも数多い。

「蒼馬さまのあの見目の良さと押し出しの強さ、濃厚《のうこう》な色香はたまりませんもの～」

そして、雷《かみなり》の轟《とどろ》きを思わせる勇壮《ゆうそう》な囃子《はやし》の中現れたのは、墨染《すみぞ》めの、飾《かざ》り気《け》の一切《いっさい》ない装束に身を包んだ人影《ひとかげ》だった。

「え……？」

質素と言えば質素。勇敢《ゆうかん》な武将のまとうにしては、いささか寂《さび》しい色合いだ。

「真っ黒……？」

「いいえ。よくご覧になって、あれ」

夜の闇《やみ》よりも深い黒は、蒼馬の瞳《ひとみ》の色。つややかな絹の生地《きじ》の上に、ひとつひとつ丁寧《ていねい》に縫《ぬ》い留められた小さな光の粒《つぶ》が、身動きするたびにきらりきらりと光を放つ。その粒は、ひとかけらずつ丁寧に砕《くだ》かれた真珠《しんじゅ》だ。

一見簡素に見えてその実最高に豪華《ごうか》な、極上の黒だ。

「なんて豪奢《ごうしゃ》な……！」

舞台を進んでくる少年の姿に、女官のひとりが真っ先に気づいて声を上げた。

「あれ、蒼馬さまじゃないわ！　誰《だれ》？」

面は『童子』。清らかな少年の姿に、黒衣《こくい》が一際《ひときわ》よく映える。

「あの面をここで使ったか。晴れがましい席に、童子も喜んでいるな」

白火の招待を受けて客席にいた古道具屋の店主が、満足そうに頷《うなず》く。

「あれが、日輪座の若太夫……？」

『田村』の主役《シテ》が誰かに気づいた客席が、それでも視線を吸い寄せられていく。春の爛漫《らんまん》の桜の中、美しい少年姿での舞いに、目を奪われるなというほうが無理だ。

――春宵《しゅんしょう》一刻　値千金《あたいせんきん》
（「田村」より）

少年が僧《そう》を連れ、清水寺の景色を愛《め》でながら田村麻呂《たむらまろ》ゆかりの田村堂へと案内していく。扇《おうぎ》をかざし、少年の舞いは清々《すがすが》しく、ゆっくりとした物腰《ものごし》が優雅だ。静かに静かにすべてを押し包んでしっとりとした、これが今までの白火の男舞いだ。

そして後《のち》シテになり、白火は変化する。

——ここからが、肝心《かんじん》。

白火も気を引き締《し》め、後見役の有楽の助けを得て、装いを素早《すばや》く変える。

面を外し、黄金色《こがねいろ》の髪《かみ》をほどき、衣《ころも》の袖《そで》を抜《ぬ》いて、黒装束の下に着ていた目の醒《さ》めるような朱赤《しゅあか》の着物を露《あら》わにする。

後シテの役は坂上《さかのうえの》田村麻呂だ。猛々《たけだけ》しい武将の役だ。気持ちを入れ替《か》え、心まで男性に変化していくように、細く息を吸って吐《は》く。戦場の様子を荒々《あらあら》しく描《えが》く役柄《やくがら》だ。腰《こし》から下にまとわりつく黒生地の着物と、朱赤との対比が鮮烈《せんれつ》だった。

舞扇の代わりに一鞘《さや》の剣《つるぎ》を肩《かた》に担《かつ》ぎ、化粧《けしょう》を施《ほどこ》した顔で客席を睥睨《へいげい》すると、一気に——主に女性客が——艶《なま》めいた。

しなやかな、白い獣《けもの》。

美しい白皙《はくせき》の面《おもて》に紅を施し、前半の舞《ま》いの名残《なごり》に汗《あせ》を滴《したた》らせて、白火は手にした剣を鞘から抜く。軽さと見栄《みば》えを重視し、竹光《たけみつ》に銀箔《ぎんぱく》を施した模造刀でなまくら刀だが、白火の持つ剣は

それでいい。舞い人の手には、実際の切れ味など要《い》らない。

「何あれ……。すごい、色っぽい……！」

少女とも少年ともつかない愛らしい舞いが今までの白火の男舞いの特徴《とくちょう》だとしたら、今はまるで別物だ。

身軽いけれども儚《はかな》くはない。

美しいけれども甘やかさはない。豹《ひょう》は豹でも、雪豹だろう。白い毛皮に包まれて、雪原の上に君臨する真白き王者だ。

戦いの場で、坂上田村麻呂は潔《いさぎよ》く美しい。ちらりと流し見る視線の冷ややかさと、相対する瞳の烈《はげ》しさ。命の駆《か》け引きをする凄惨《せいさん》な場に咲いた、一輪の徒花《あだばな》だ。

「……考えたな」

袖から観《み》ていた井澄が、ぼそりと囁《ささや》く。

あれが白火の男舞い。以前井澄に宣言した通り、白火は本当に『田村』を見事ものにしたらしい。

「解釈《かいしゃく》はかなり大胆《だいたん》に手を加えているが……柚木座の入れ知恵《ぢえ》か」

「まあな」

次の支度《したく》を整えた蒼馬も、舞台《ぶたい》から目を離さない。

白火の『田村』はしなやかで鋭《するど》い抜き身の刃《やいば》の冷たさが全面に押し出されて、舞いそのものが一振《ふ》りの剣のようだ。

「ああいうのもありだろう？　あいつに男臭《くさ》さとか力強さを求めるのは、本質的に無理だ」

体軀《たいく》が違《ちが》う。見た目からして、白火は男舞いには不利だ。その弱点を克服《こくふく》するためには、根本から考え方を改める必要があった。

でもそれでは男舞いから逃《に》げることになると、白火は最初は戸惑《とまど》っているようだった。

だから蒼馬が稽古《けいこ》をつけたのだ。有無《うむ》を言わさず舞わせてしまえば、男舞いはするりと白火の肌《はだ》に馴染《なじ》んでいった。

あの生真面目《きまじめ》すぎる舞姫《まいひめ》は、こうと決めたら頑《がん》として譲《ゆず》らないから、選択肢《せんたくし》が必要以上に狭《せば》まって苦しむことになる。蒼馬の場数は、白火よりずっと多い。機転を利《き》かせ不利を有利に変えるのは、蒼馬の得意技《わざ》だ。

「――永観座《うち》にはできない舞いだな」

『田村』は勝修羅《かちしゅら》だし、少しくらい遊び心を加えてもいいだろうと思ってな。観てな。おもしろいことになるぞ」

「……なんだ？」

「ほら」

白火が剣を鞘に収めて、袖に戻《もど》る前。

汗を顎《あご》先から滴らせ、尋常《じんじょう》ではない色香《いろか》を蒸発させ。

脇《わき》に設《しつら》えられていた作り物の籠《かご》から一輪の苧環《おだまき》を摘《つ》み取る。青紫《あおむらさき》の凜《りん》とした花は、佇《たたず》まいが少し剣に似ている。

そっと花びらに唇《くちびる》を寄せ、その花を客席に向かって投げる。

きゃあああっ。

「──水槽《すいそう》に生き餌《え》を入れたようなことになっている……。なんだ、あの反応は」

永観座の観客は、ひたすら静かに舞いに酔《よ》うのみだ。こんな、女性たちの黄色い声は耳にしたことがない。

「は、反則でしょうあれは～……」

花を受け取った女官が腰砕《こしくだ》けになりながら瞳と頬《ほお》を真っ赤に染め、高貴な姫《ひめ》たちの座所からも、桃色《ももいろ》の吐息《といき》が漏《も》れる。

白火は以前、井澄にこう言ったことがある。

「『颯佐』を舞わないことは、逃げではないんです。少なくとも、オレにとっては」

『桜守』の脚本《きゃくほん》を見せながら。

「『桜守』は、『颯佐』をより昇華《しょうか》させたものではありますけれど」

作品のために。

舞いのために。

結果として、白火は颯佐の役を舞わない。

「逃げていると取られても仕方あるまい」

井澄の判断は常に冷静で冷ややかだ。客観的な意見を述べる。

「そうですね。でもこれは、オレにとっては攻《せ》めなんです。だからオレは、舞うんです」

白火の眼差《まなざ》しはまっすぐなまま揺《ゆ》らがない。

井澄は、静かに答えた。

「……観客が決めることだ」

だがまあ少なくとも、白火の男舞いは成功だろう。


蒼馬と隼人で『熊野《ゆや》』が披露《ひろう》され、これは正統派の解釈で幽玄《ゆうげん》に美しく展開される。

隼人がここで女舞いの美しさを存分に見せて注目株としての名を上げた。蒼馬はいつもより気品溢《あふ》れる佇まいの役作りをし、宮中での鑑賞《かんしょう》に堪《た》えうるだけの品を出す。こういう使い分けをするのは、さすがに蒼馬も初めてだ。とはいえ、しっとりとした色合いが、蒼馬の抑《おさ》え気味の舞《ま》いしぐさとよく合う。能の持ち味をよく引き出した『熊野』はしっとりと、なよやかに。

次に少し趣向《しゅこう》を変え、一陽太夫《たゆう》で『一角仙人《いっかくせんにん》』を楽しく観《み》せる。もともと仙人が美女の色香に迷い、その隙《すき》に封《ふう》じ込めていた龍神《りゅうじん》に封印《ふういん》を破られてしまうという、少し戯《おど》けた内容である。それを一陽が仙人にふさわしい鷹揚《おうよう》な雰囲気《ふんいき》で魅せ、龍神には天輪と音若のふたりが揃《そろ》いの装束で扮《ふん》して活躍《かつやく》した。

宮中人たちは柚木座の演目のいちいちに魅了《みりょう》され、息《いき》つく暇《ひま》もない。

春の陽《ひ》が暮れ始め、いよいよ天覧能も佳境《かきょう》に入っていく。

「出番です。よろしくお願い申し上げます」

鏡の間に控《ひか》える祐に袖まで案内され。

「――――」

面は着けない。能楽界の最高の秘花《ひか》、目にも鮮《あざ》やかな唐《から》紅の舞衣《まいごろも》をまとったその人が、静かに頷いた。

日が落ちて桜は夜桜、冷え込む夜の闇《やみ》を、焚《た》かれたいくつもの篝火《かがりび》が皎々《こうこう》と照らし出す。桜の花びらが篝火の中に落ちて燃えることのないように、篝火のそばにはふたりずつ愛らしい拵《こしら》えの小姓《こしょう》がついていて、手にした真っ白な扇《おうぎ》で花びらを扇《あお》ぎ逃がす。火から逃《のが》れた花びらは、客席の貴人たちの肩に髪に袖に、はらはらと降りかかる。少年たちがあちこちで緩《ゆる》やかに翻《ひるがえ》す扇の白が、大きな桜の花びらのように揺らめく。

夢幻《むげん》。

朝から演目を重ね、人は酔い、いよいよその花酔いも最高潮を迎《むか》えて頃《ころ》や良し。

白火が血肉を注いで書き上げた脚本。

『桜守』が、始まる。

蒼馬は、ふっと息を吐いた。装束は濃淡《のうたん》重ねた青と緑を取り混ぜて染めてある衣《ころも》の上に、緑と金を散らした上衣《うわぎぬ》を形ばかり羽織って、なんとも華《はな》やかな装いだ。手にしているのは愛用の舞扇《まいおうぎ》。

白火の創《つく》った能――『桜守』。

新たな演目の幕を開け、蒼馬は柚木座《ゆきざ》の未来を紡《つむ》ぐ。ここまでは言うなれば柚木座の集大成、そして『桜守』はこれからの柚木座の象徴《しょうちょう》だ。

新しい舞《ま》いを、新しい物語を、新しい舞台を柚木座は創る。守るものは永観座に任せておけばいい。守ること、繋《つな》ぐことにかけての永観座の手腕《しゅわん》を蒼馬は認めている。不変を守り続けることにかけては永観座ならではの土台がきっちりと定められ、蒼馬に口を挟む余地はない。

柚木座は、過去に囚《とら》われない新しいものを。

その最初の一歩がこれだ。

桜の吹《ふ》きだまりの中舞台に舞い降りた舞神《まいしん》の化身、井澄の姿にまず観衆は茫然《ぼうぜん》と目を瞠《みは》る。

「井澄太夫だ……見間違《みまちが》えるはずがない！　あれは永観座の井澄太夫だ！」

「まさか！　永観座太夫ともあろう者が、いくら天覧能とはいえ、他の座に客演するなど……！」

一瞬《いっしゅん》客席に動揺《どうよう》が走ったのも束《つか》の間、目は自然と舞台に吸い寄せられてしまう。袖《そで》で出番を見計らいながら、蒼馬は満足げに頷いた。おもしろいと思うものに、人は勝てない。食欲《しょくよく》などの欲望《よくぼう》は動物にもあるが、能を観《み》て楽しむのは、人間だけに許された特権だ。

「しかし、なんと美しい。あれが、当代永観座太夫の舞いか…………」

「日輪座の――いや、もう柚木座だったか――白火がてっきり舞うものだとばかり思っていたが、これはこれで眼福ですな……」

引き寄せられる。

押し流される。

魂《たましい》ごと蕩《とろ》けさせられるような冴《さ》え冴《ざ》えとした峻厳《しゅんげん》さが、井澄の風貌《ふうぼう》を殊更《ことさら》に引き立てる。女舞いに面を着けずに挑《いど》むのは、井澄でさえも初めての試みだ。あえて、白火がそう望んだ。突《とっ》飛《ぴ》なことを、と最初は思いもしたが、舞ってみてすぐに承知した。

面を着けずに視界をはっきりとさせ、目と目を合わせて舞うほうが、この舞いにはしっくり来るのだ。

白火は『颯佐』で感じ取った違和感《いわかん》をすべて変更した。技術の裏打ちもないただの直感で作り変えていったものが、不思議なほど井澄の身体《からだ》に馴染《なじ》む。

井澄の女舞いに、現れた蒼馬がゆったりと大きく合わせていく。互《たが》いに多忙《たぼう》を極《きわ》めるふたりが舞いを合わせるのは今日が初めて。役柄《やくがら》では、蒼馬と井澄は恋人《こいびと》同士だ。その度量の大きな舞いに包み込まれ、初めて井澄の中で小さな嵐《あらし》が生まれる。

——…………？

思わずくらりと目眩《めまい》を覚えるような、誑《たぶら》かすような圧倒《あっとう》的な魅力《みりょく》で舞う男だ。刹那《せつな》の間とはいえ引きずられかけた己《おのれ》に、井澄は自分で自分が信じられない。永観座太夫の舞いを乱すなど。

——何だ、この男は……⁉

井澄の鋭《するど》い視線を受けても、蒼馬は怯《ひる》まない。真っ向から受けて立つ。目の奥底に互いの火花が散っても、直面《ひためん》にはさざ波ひとつほどの乱れも決して浮《う》かべない。くっきりと圧力を増した井澄の舞いに、蒼馬も小気味良い思いで気合いを入れ直す。

負けられない。

柚木座を背負う者として、永観座の太夫として。

ばち、と。

井澄と蒼馬、ふたりの眼差《まなざ》しがぶつかり合う。

天覧能の舞台の上で、当代きっての舞い人たちの華やかな競演が繰《く》り広げられていく。

圧迫《あっぱく》、圧巻、圧倒。

——蒼馬さまも井澄太夫も、すごい……！　オレも、負けられないな。

白火は、目を閉じてすべての精神力を集中させた。

矢涼の笛が、一際《ひときわ》高く高く鳴り響《ひび》く。白火を招くその笛の音《ね》。

——出番だ。

恋人たちが幸せな春の中で舞う中、囃子《はやし》が不気味に鳴り響いて魔物《まもの》の登場を知らせる。

「あ！　あんなところに……！」

舞台の横の桜の木の上。

真下の篝火《かがりび》にぽうっと照らし出されるようにして、桜の精が姿を現す。能の舞台《ぶたい》としてはいささか掟破《おきてやぶ》りかもしれない。

だらりとだらしなく桜の枝に身を預けた精霊《せいれい》が、下界を眺《なが》めている。

白火は変わった装束を纏《まと》う。単衣《ひとえ》に袴《はかま》――少年の姿でありながら、単衣は淡紅《うすべに》、袴は濃紅《こいあか》。女性の纏う色。少年のように髪《かみ》を束ねて、花の簪《かんざし》。曖昧《あいまい》な、不可思議なその装い。これが白火の役所。

桜の精――男でも女でもない、性を持たない生き物。

桜色の装束に、白火も直面だ。化粧《けしょう》を施《ほどこ》して愛くるしさが増しがちなその優《やさ》しい美貌《びぼう》を、目尻《めじり》にすっと刷《は》いた紅がきりりと冷淡《れいたん》に引き締《し》める。唇《くちびる》を引き結んで表情をなくすと、手練《てだ》れの打った面のような凄《すご》みを帯びて、思わずはっと息を呑《の》むほどの気迫《きはく》が満ちる。

蠟細工《ろうざいく》のような白い手がかざすのは、氷見から賜《たまわ》った桜の枝だ。桜の精の持つものとして、これ以上ふさわしいものもあるまい。きらめく琥珀《こはく》の髪に桜のはなびらがついているのでさえ、計算し尽《つ》くされた飾《かざ》りのようだ。はなびらからついた水滴《すいてき》が、艶《つや》やかな髪の表面をころころと水晶玉《すいしょうだま》のように転がって落ちる。

麗《うるわ》しい不機嫌《ふきげん》の視線の先に恋人たちがいて、永遠の時間を生きる精霊は、真実の恋《こい》など信じていない。認めない。

愛だの恋だの、くだらない。

桜の精が桜をかざすだけで、脆弱《ぜいじゃく》な人間たちはあっさりと引き離《はな》される。それでもすぐにまた寄り添《そ》い合う。

また桜の精がふたりを引き離す。今度は少々力を込めて。

見えない壁《かべ》に阻《はば》まれて歩み寄れないふたりは、手を伸《の》ばして互いを見つける。

身動きひとつできないように身体を縛《しば》りつけてしまえば。

視力を奪《うば》ってしまえば。

恋人を呼べぬよう、声も奪い、耳も塞《ふさ》いでしまえば。

ありとあらゆる手段を駆使《くし》して、桜の精が恋人たちを引き離そうとする。永遠の愛などないことを証明してみせるのだ。

けれど恋人たちはいかなる手段を弄《ろう》しても、最後には巡《めぐ》り会ってしまう。運命や宿命を越《こ》えたところで、本人たちの強い意志が、ふたりを結び合わせる。

人間などに、負けてたまるものか。

桜の精の残酷《ざんこく》な遊戯《ゆうぎ》はまだまだ続いてゆく。

「なかなかおもしろい仕立てになりましたな、一陽太夫。脚本《きゃくほん》もいいが、舞いもいい。斬新《ざんしん》ではあるが古来の良さをちっとも損《そこ》なっていない」

「――ええ」

袖から舞台を見守り、祐と一陽がひそひそと言葉を交《か》わす。新作の出来具合はやはり気になるから、手の空いた座員たちは全員裏からこっそり舞台を見つめている。隼人が舞台から一時たりとも目を離さないまま、熱っぽく囁《ささや》く。

「白火さんが、性別を見事なまでに感じさせていないのがいいですね。若太夫の凜々《りり》しい男ぶりと井澄太夫の清冽《せいれつ》な女舞いが、そのせいで一層際立《きわだ》って見えます。お互いに負けていないから、迫力《はくりょく》が凄い……！」

良い役者というものは、決してひとりよがりにはならない。場の空気に溶《と》け込み、互いに切《せっ》磋《さ》琢磨《たくま》して、引き立て合う。それが最高の状態だ。どれほど才能があろうとも互いの相性《あいしょう》が良くなくては成り立たないし、双方《そうほう》の意志も重要だ。気が合わなくては、三者三様に溶け合うことはできまい。

それを今、間近に観ている。

稀代《きたい》の天才三人が集まった舞台だからこその、何かが起こっている。隼人の背をぞくりと何かが駆《か》け上る。その感情に名前をつけるなら、憧《あこが》れ。自分もああなりたい、ああいうふうに舞《ま》ってみたいという純粋《じゅんすい》な欲望《よくぼう》だ。

ぞくぞくと全身を震《ふる》わせながら一陽は、感嘆《かんたん》の眼差しで娘《むすめ》の舞い姿を見つめ続ける。

――知らぬ間に、白火がここまで成長していたとは。

伸び伸びと演じている様子が、客席にまで伝わる。

今までの白火は、どこか命を削《けず》って舞っているような切羽《せっぱ》詰《つ》まった必死さがあった。それが氷輪のような冴え冴えとした味わいを引き出していたのも確かだけれど、今の白火からは爛漫《らんまん》と咲《さ》き誇《ほこ》る生命の息吹《いぶき》を感じる。

咲き誇って咲き乱れて、今まさに満開。

桜の花は香《かお》りも淡《あわ》く、散る間際ですらも清々《すがすが》しい可憐《かれん》さを失いはしないが、薄紅《うすべに》の儚《はかな》さはどこか毒花のような妖《あや》しさも秘めている。陰《いん》と陽《よう》、その両方を内包して矛盾《むじゅん》のない花。朝と夜とではまったく印象の異なる花。まるで、無垢《むく》な乙女《おとめ》と妖艶《ようえん》な毒婦が共存しているかのような。

惹《ひ》かれずにはいられない。愛《め》でずにはいられない。

桜こそが花。

桜の花よりも華《はな》やかなものはない。

白火はその化身だ。袖《そで》を薄《うす》い衣《ころも》で飾って、襟《えり》や帯の飾りにところどころ散らされた葉桜の浅緑が目に鮮《あざ》やかだ。

たわわな華やかさで羽根を染め、その羽根が天空にまで伸びて広がって空も土も風も花も、すべてが白火の舞いを言祝《ことほ》いでいるような。

至上の舞い。

美しく無邪気《むじゃき》で残酷な精霊に、恋人《こいびと》たちが翻弄《ほんろう》される。ただびとの身で、精霊に敵《かな》うはずもない。白火の演じる精霊が、ふたりをどこまでも追い詰《つ》めて引き離す。引き離しても引き離しても、強い絆《きずな》で結ばれた恋人たちは互《たが》いを求め、狂《くる》おしいほどに求め合い。

精霊は己《おのれ》の敗北を悟《さと》った。

これからは恋人たちの子孫代々まで守ってゆくことを誓《ちか》い、精霊はひとり、永遠に桜の咲き続ける深山に取り残される。

——この世はすべて　ひとときの夢なれば

精霊は舞台を降りて桜の根もとに佇《たたず》み、ふわりと袖をそよがせて、桜の中に溶けるように身を隠《かく》した。

しいん。

余韻《よいん》を残して、『桜守』が終わる。

静かな静かなその終わり方に、皆《みな》は酔《よ》ったまましばらく拍手《はくしゅ》をすることも忘れていた。

『桜守』は『颯佐』の改稿《かいこう》版でもある。変化に変化を重ね、能はいつまでも進化し続けるもの。完成するのはほんの一瞬《いっしゅん》のことで、そこからまた更《さら》なる高みを目指して上り続けるもの。

決して手の中に捕《つか》まえることのできない曖昧な、もどかしく、それでいて人を魅了《みりょう》し尽くさずにはいられないほどの魅惑《みわく》の固まり。

だからこそ、おもしろい。追い求めてこそおもしろい。

芸人は舞台でこのおもしろさを存分に味わう。だから、離れられない。

陶酔《とうすい》。無限。

そして――永遠の、憧れ。

「役者というのはおもしろいものだな」

氷見の呟《つぶや》きに、帯刀がわずかに眉《まゆ》を上げる。

「白火の『桜守』――あれは、本当は別の脚本《きゃくほん》だったと聞いている」

帯刀はここしばらく京にはいなかったから、白火の動向に詳《くわ》しくはない。

「――それで？」

「それがどうにも気に入らなかったらしくてな。書き直したのだ。わりとぎりぎりの勝負であったぞ。稽古場《けいこば》が何やら殺気立っておってな。おもしろいぞ、稽古場というものは。あのな、ものが廊下《ろうか》のあちこちにやたら積み重ねてあってな」

帯刀がひとつ、小さな咳払《せきばら》いをした。ちろりと年下の従弟《いとこ》を睨《にら》みつける。

「まるで見てきたような言い方だが……」

お忍《しの》びが言外にばれた氷見は、悪戯《いたずら》っ子の顔をして檜扇《ひおうぎ》の陰《かげ》で顔をしかめた。ついうっかりして、口を滑《すべ》らせてしまったようだ。

——まずいな。帯刀がいなかった間に、余が少々鈍《にぶ》っておる……。

「ああいうこだわりの強さも、信念の証《あかし》だと思えばいいじらしいものではないか。なあ、帯刀？」

「誤魔化《ごまか》そうとしても無駄《むだ》だ。答えよ。何度宮中を出た……？」

「黙秘権《もくひけん》を行使する。今余はここに誓おう。どんな脅《おど》しにも屈辱《くつじょく》にも屈《くつ》せず、決して口を割らぬことを！」

しんと黙《だま》って見ていた帯刀が、数秒を経《へ》てから、冷ややかに問う。

「——気は済んだか」

「うむ。実に微笑《ほほえ》ましい、従兄弟《いとこ》同士の触《ふ》れ合いであったな」

氷見は、ふと声色《こわいろ》を変えた。

「帯刀。天宇受売女《アメノウズメ》の伝説は知っておろう？」

謎《なぞ》めいた物言いをするのは、氷見がその裏に何かの意味を隠しているときだ。

「……無論」

頷《うなず》き、帯刀は素早《すばや》く考えを巡《めぐ》らせる。氷見はいったい何を言いたいのだろうか。天宇受売女《アメノウズメ》命《ノミコト》は、言うなれば白火たち芸人の魁《さきがけ》のようなもの。神世の時代に初めて舞《ま》いを舞った女神《めがみ》の名だが。

氷見は楽しげに囁《ささや》く。

「では、猿女君《サルメノキミ》の伝説はどうだ？」


華やかな宴《うたげ》の余韻がまだ残る中、白火たちは早々に宮中から引き上げてきた。出張興行には慣れているので、撤収《てっしゅう》の速さには自信がある。

柚木座《ゆきざ》に戻《もど》ると同時に、氷見や帯刀、その他《ほか》の後援者《こうえん》からも興行の成功を祝っての祝儀《しゅうぎ》が次々と届けられ、有楽や隼人は母屋《おもや》でその受け取りと仕分けに追われている。宮中では天覧能が終わったあとそのまま公《おおやけ》の花見の宴となり、氷見から白火たちと直々に言葉を交《か》わせない旨《むね》を詫《わ》びる文が添えてあって、白火はぼそっと呟く。

「氷見の帝《みかど》って、意外と律儀《りちぎ》なところがあるよな……」

宮中の花見の宴は三日三晩続くそうで、今日の天覧能はその初日の余興のようなものだ。歌合わせや香《こう》合わせ、花を愛《め》でての行事が続き、氷見曰《いわ》く次第《しだい》に風雅《ふうが》を通《とお》り越《こ》して耐久《たいきゅう》勝負のようなものになっていくらしい。

「身分の高い人たちも大変だ……」

白火たちはここしばらくずっと稽古《けいこ》と準備とに専念してきたので、少し休みを取ろうと思っている。

ぼーっとして、のんびり散る桜を眺めて、お茶を飲んで。

ゆっくりと神経を解きほぐして、片付けを済ませて無事終了《しゅうりょう》の挨拶《あいさつ》回りを済ませたころにはきっと、春が終わる。

床《ゆか》にころんと突っ伏《ぷ》したまま、白火は飾《かざ》り棚《だな》に置かれた氷見からの祝儀に目を向ける。柚木座に戻ってくるまでは人目もあってなんとか動けたのだが、こうしてひとりになった途端《とたん》、一歩も動けなくなってしまった。最後の体力のひとかけらまで使い切った感じだ。少し身体が冷えるような気もするが、今はまだ華《はな》やかな余韻が残っているので寒くない。

「あ。——可愛《かわい》い」

氷見から白火への祝儀は、桃《もも》の花を模した砂糖菓子《がし》と作り物の桃の花びらとが取り混ぜて小さな箱に入れられていて、なんとも氷見らしく遊び心のある品だった。柚木座全体にも乾《ほ》し肉や魚などの乾物《ひもの》、酒の樽《たる》、米俵に反物《たんもの》などが山のように届いて、しばらくは帝からの賜《たまわ》り物として飾っておく習わしだ。

桃のお菓子は氷見が帝ではなく個人として贈《おく》ってきたもので、但《ただ》し書きに『なるべく早く食せ』と書いてあるのを見て吹《ふ》き出す。

「氷見さまって、おもしろい人だよな」

今日のような公の場ではさすがに隔《へだ》たりがあるが、一度裏に回ってしまえばこれからも氷見とは交流が続きそうでちょっと嬉《うれ》しい。年が近い友人は貴重だ。

「あとで御礼《おれい》の文を書かないと。帯刀さまとは、あまり挨拶《あいさつ》もできなかったけど」

元気そうで良かった、と白火は思う。きちんとした舞い姿を見せたのは初めてだけれど、帯刀の心にも何か響《ひび》くものがあったらいい。人が作って人に添《そ》って、人に伝えられていくのが物語だ。今頃《いまごろ》宮中の宴ではきっと、帯刀の琵琶《びわ》が聞きたいと氷見がねだっていることだろう。あの孤高《ここう》を愛する琵琶の名人は、滅多《めった》に人前では演奏しないらしいから。

「白火。まだ起きて……おい、そこで伸《の》びるな。危なく踏《ふ》むところだったぞ」

部屋に入って来るなり白火を踏み潰《つぶ》しそうになった蒼馬が、慌《あわ》てて足を止める。

「疲れたか？」

「はい～……」

さすがに、虚勢《きょせい》を張る余裕《よゆう》ももう残っていない。弱々しく返事をすると、蒼馬が笑いながら白火の隣《となり》にごろりと寝転《ねころ》がった。片腕《かたうで》を枕《まくら》にして、もう片方の腕で白火を抱《だ》き寄せる。こうして抱き寄せておけば白火の身体は冷えない。

「無理もない。数日ゆっくり休め」

「はい。でもね、蒼馬さま」

力が抜《ぬ》けているからなのか、白火の喋り方が常より幼く舌足らずだ。

「ん？」

ぽす、と蒼馬の胸に顎《あご》を乗せるようにして、向けられたのは満面の笑《え》みだ。やりきった、やり遂《と》げた感覚は強く強く胸に溢《あふ》れている。酒より深いこの酩酊《めいてい》は、役者にしか味わえない最上のものだ。

少し泣きたい気もするが、それより満足感が強かった。あとは、ひたすら眠《ねむ》たい。秋の終わりから続いていた集中力が、ぽかりと途切《とぎ》れてしまった。

たまには、こんなふうになるのも悪くない。

「忙《いそが》しかったし大変だったけど、楽しかったです。ありがとうございました」

「――そうか」

「は、い……」

白火の声が、とろりと夢に漂《ただよ》い始める。祭は準備しているときが一番わくわくして、当日が一番どきどきして、終わってしまうと充実感《じゅうじつ》と共に少し寂《さび》しくなる。

蒼馬は、薄《うす》い肩《かた》を力一杯《ちからいっぱい》抱《いだ》き寄せて薄茶《うすちゃ》のつむじに鼻先を埋《うず》めた。ぽんぽんと、あやすように背を撫《な》で下ろす。

「眠れ。いい子だ」

身体が泥《どろ》のように疲れていても、気が昂《たか》ぶっているとなかなか寝《ね》つけない。ただでさえ白火はしばらくろくに休んでいないから、今夜はぐっすりと夢も見ないほど深く眠らせてやりたかった。

「蒼馬さま、いや……」

白火が緩慢《かんまん》に身じろぐ。目はもうほとんどくっついている状態だ。

「白火？」

「もっと蒼馬さまとお話していたいから、寝るのいやです……」

けれど、もう意識はとろとろと蕩《とろ》けて眠りの波に攫《さら》われていく。

「…………っ」

——そういうことを言われると、我慢《がまん》もいい加減に限界になってくるんだがな。確信犯かこいつは。

蒼馬は、濃艶《のうえん》に笑う。募《つの》る愛《いと》おしさに、胸が張り裂《さ》けそうだった。

この幸福を。

なんと表現したらいいのだろう。

白火がこんなふうに無防備に腕の中で眠ってくれるのなら、もうしばらくの間は優《やさ》しい男を演じたままでも良いくらいだ。白く透《す》き通る瞼《まぶた》を閉じさせるように唇《くちびる》を押しつけ、蒼馬は甘く、優しく囁く。

「明日も明後日《あさって》も、時間はたっぷりある。安心して眠れ、白火」

やがて聞こえてくる、小さな小さな寝息《ねいき》。

蒼馬は、そっと白い額に口づけを落とした。

「……おやすみ」

六番目　祝《しゅく》の章

なんとも不思議な心地《ここち》だった。

桜が咲《さ》いて、陽射《ひざ》しがほのかに肌《はだ》を暖める。小鳥がさえずって、ばさばさと樹上から飛び立っていく。

薄紅《うすべに》の春。のどかな春。

役者になって以来、春にのんびり桜を眺《なが》めるなど初めてだ。いつも興行に追われ、桜は興行先の屋敷《やしき》で慌ただしく見るものだった。

「花見なんてしたのは、いつ以来だろうな」

蒼馬が、桜色に染まった空を見上げて笑う。

「そうですね。いつも、この時季は興行の始めの季節ですし」

白火が蒼馬と顔を見合わせて笑う。

まるで一山丸ごと、桜の花のよう。

鴨川《かもがわ》から少し奥に入っただけの深山は、全山薄紅の花びらに埋め尽《つ》くされていた。

柚木座《ゆきざ》は天覧能を終えて、しばしの休みに入った。短い間なのでほとんどの座員が残っているが、久しぶりにのんびりと骨休めをしている。ようやくのことで挨拶《あいさつ》回りを終えた蒼馬が白火を桜狩《さくらが》りに誘《さそ》って、今日はふたりきりでの遠出だ。

桜狩り、花見、桜見物。

白火にとって、二度目の京の春だ。ここは少し山を登るだけで、京の全貌《ぜんぼう》が一望できる。初めて京に上るときも、ここから京を見渡《みわた》したような気がする。あのときは日輪座の皆《みな》がいて、今は隣に蒼馬がいる。

「蒼馬さま。一年経《た》ちました」

「そうだな」

あの桜能の夜から。

もう一年経ったというべきか、それともまだ一年しか経っていないというべきか。

ちょうど一年。今日で一年。色々なことがあって、笑ったり泣いたり怒《おこ》ったり悲しんだり、さまざまな思いをした。少しは成長できただろうか、と白火は自問する。背は少しだけ伸びて、躯《からだ》つきは自分ではよくわからない。相変わらず痩《や》せすぎだとは言われるが、少しは肉もついたように思う。

咲き誇《ほこ》りながらあっというまに散る桜の潔《いさぎよ》い美しさは、何度見ても圧倒《あっとう》される。貴賤《きせん》関係なく、場所も関係なく、春が来たら咲く。冬の寒さに耐《た》えて、華《はな》やかに気高く。桜は白火の憧《あこが》れだ。花の中の花。

「桜みたいになれたらと、いつも思うんです」

満開の桜に誘われて、白火はふわりと舞扇《まいおうぎ》を翻《ひるがえ》す。

——白むは花の影《かげ》なりけり

花を踏《ふ》んでは同じく惜《お》しむ少年の春

（「西行桜《さいぎょうざくら》」より）

蒼馬は思う。

——この舞《ま》いを独《ひと》り占《じ》めできないのは悔《くや》しいが……まあ、仕方ない。この舞姫《まいひめ》の舞いを蒼馬ひとりだけのものにしておくことはできない。許されることではない。伎芸天女《ぎげいてんにょ》の愛《いと》し子の舞いは、世に広めて皆に見せるべきものだ。

それに。

「素《す》の白火だけは、誰《だれ》がなんと言おうと独占《どくせん》させてもらうからな」

「蒼馬さま、何？　何か言いました？」

桜吹雪《さくらふぶき》にかき消されないよう、片手で髪《かみ》を押さえながら白火が声を張り上げる。

やっと言える。

蒼馬は大股《おおまた》で白火のそばへ歩み寄り、白火を腕《うで》の中に閉じ込めた。今だけは、京の観衆にも柚木座や日輪座の皆にも、この桜の花々にさえ白火の姿を見せたくない。自分だけのものにしたい。

「天覧能が終わったら、お前に言いたいことがあると言っただろう？」

「はい」

桜と同じ色に染まった耳朶《みみたぶ》に熱い唇を押しつけ、蒼馬は告げる。

「白火。お前は一生、俺のものだ。ついてきてくれるか」

花蕾
はな つぼみ

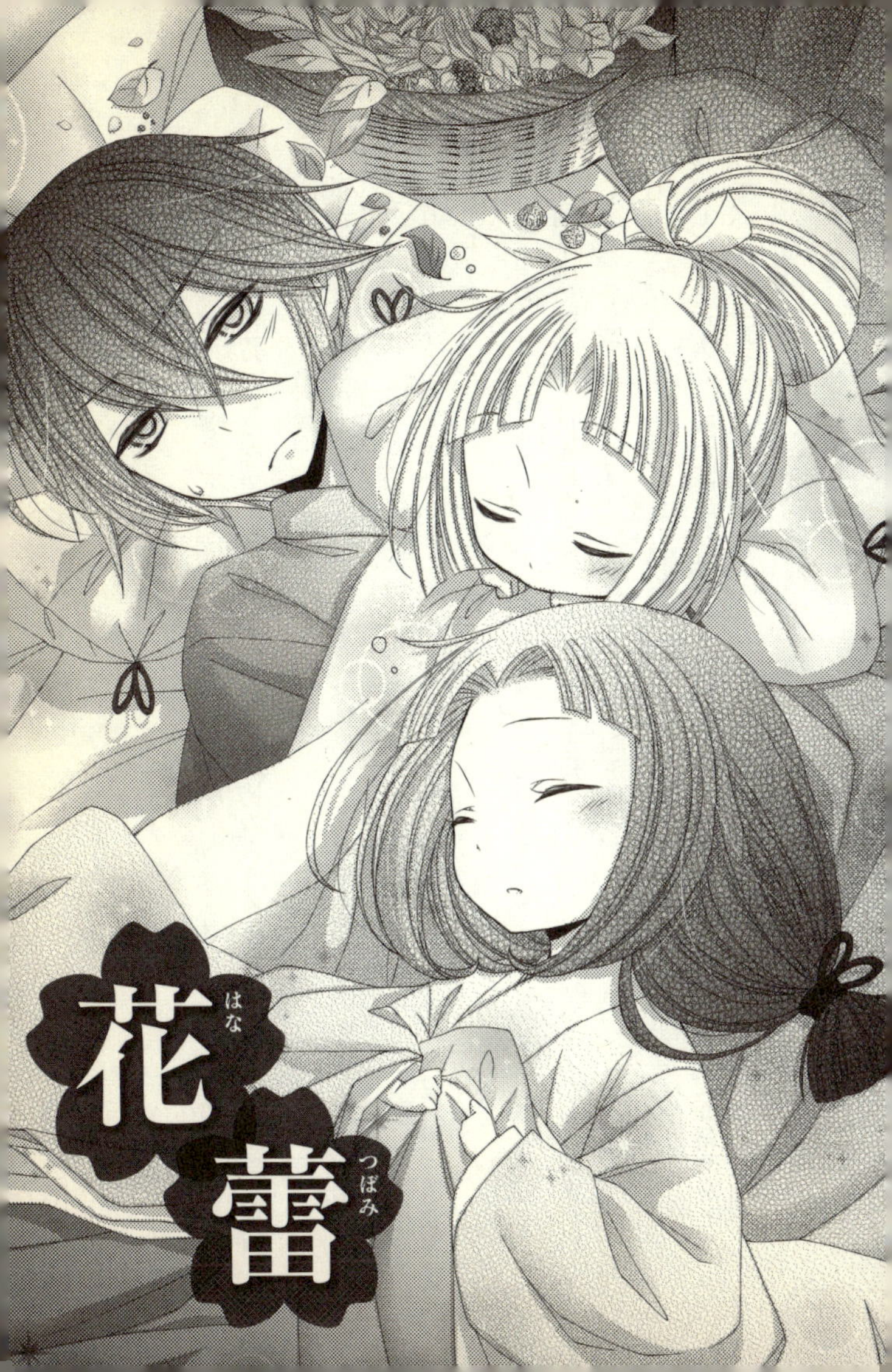

薄茶《うすちゃ》の髪《かみ》をさらりと流して、白火が小さな珊瑚《さんご》の指先を揃《そろ》えて床《ゆか》につける。役者は、舞扇《まいおうぎ》を持つ手は絶対に荒《あ》れさせない。物腰《ものごし》は常に風に流れる柳《やなぎ》のように流麗《りゅうれい》に、清水のように爽《さわ》やかに。

爪《つめ》だけではなく身のこなしや着物なども、全体的に白火は柚木座《ゆきざ》に移ってから随分《ずいぶん》と垢抜《あかぬ》けた。

これが、京の水で洗うということかと、矢涼は心の中で思う。もともとの美貌《びぼう》が更に透《す》き通ってゆくようだ。

「――オレは、本日をもって、正式に柚木座へ籍《せき》を移します。今まで、ありがとうございました。柚木座に移っても日々精進を積んでいきたいと思いますので、今後ともよろしくお願いいたします。そして――父さまと天輪を、よろしく頼《たの》みます」

若太夫に深々と頭を下げられ、日輪座の面々が困惑《こんわく》したようにかすかにどよめく。床《とこ》の間《ま》を背にして座る白火と一陽の隣《となり》にちょこんと天輪も座っていて、なんだか緊張《きんちょう》した面持ちをしていた。

「白火の若、何もそんないきなり移籍《いせき》するなんて……寝耳《ねみみ》に水もいいところだぞ」

「だがまあ、若は去年の春からずっと柚木座にいたからなあ……」

一陽があらかじめ読んでいた通り、座員たちは狼狽《ろうばい》はするものの反対はほとんどしていない。

「だがこんな突然《とつぜん》だなんて、水くさいというかなんというか」

「混乱させてしまってごめん、皆《みんな》。天覧能が終わってからにしようとも思っていたんだけど、急にこういうことになってしまって——こうなったら、報告は早いほうがいいと思って」

白火が、申し訳なさそうに首を竦《すく》める。それでももう迷いはない。心は決まった。

柚木座への移籍を決心して、白火はすぐに日輪座を訪れた。

小さな館の座敷《ざしき》に、座員だけでなくその家族も集めるともうぎゅうぎゅう詰《づ》めだ。少し入り切らなくて、廊下《ろうか》にはみ出しているのが新参の座員たちだ。京に来てから入門してきた者たちで、中には住みこみではなく通いの者もいるらしい。白火が男と偽《いつわ》っていたころを知らない座員たちだ。

皆、動じはするものの、次第に落ち着いていく。こうと決めたら白火がとことん頑固《がんこ》なのは周知の事実だし、裏切られたとも思わない。古くから日輪座にいる芹《せり》などは寂《さび》しそうに眉宇《びう》を曇《くも》らせたものの、

「まあ、仕方ないね。白火の若は、うちなんかで埋《う》もれていい子じゃないもの。今度だって、天覧能なんて晴れがましい舞台《ぶたい》に上がるくらいなんだし」

ふくよかな両腕《りょううで》を開き、白火をぎゅっと抱《だ》き締《し》める。

昔から、白火はほかの座員たちとはどこか違《ちが》っていた。生まれながらの役者もその家族も、才能の違いには早くから気づいているもの。いつか白火が日輪座から巣立つ存在だと、感覚で読み取っていたのかもしれない。

とはいえ、別れはやはり寂しい。

今まで、白火はこの座で生まれ、この座で育った。母親と生まれてすぐに死に別れ、その分座員たち皆で成長を見守ってきた大切な、我が子のような若太夫だ。白火を息子《むすこ》のように娘《むすめ》のように、あるいは兄弟のように思っている者は大勢いる。

「顔を見せに、ちょくちょく戻《もど》ってきておくれね。不摂生《ふせっせい》するんじゃないよ。きちんと食べているかどうかは、すぐにわかるんだからね」

「やだな、芹さん。そんなに遠い場所に住むんじゃないんだから。今までみたいにちょくちょく帰ってくるからそんなに心配しないで」

「天覧能は儂《わし》らも観に行くからな。気張れよ、白火の若!」

じっと考え込んでいた一陽も、やがてゆっくりと口を開く。寂しいが、今はこうして送り出してやることこそが父親としてできる唯一《ゆいいつ》のことだろうと思いながら。

「俺と天輪と矢涼も天覧能には出る。繋《つな》がりが切れるわけではないし、皆、これからも白火のことをよしなに頼む」

「父さま……ありがとう」

いつもと変わらず寡黙《かもく》に座りつつも、何かが違うと首を捻《ひね》っていた矢涼は、部屋の隅《すみ》からすっと立って静かに厨《くりや》へ向かう小柄《こがら》な後ろ姿を見つけた。

——……？

そういえば、朧が静かだ。まだ怒鳴《どな》っていない。

ちらりと移籍話を耳にしてそれなりに覚悟《かくご》していた矢涼と違い、完全に不意を突《つ》かれて驚《おどろ》いているはずだ。こういうときに遠慮《えんりょ》なくどかんと爆発《ばくはつ》し、気が済むまできゃんきゃんと怒鳴るのが朧だ。

——まさか、身体《からだ》の具合でも良くないのか……？

遠ざかっていく背中がいつもよりなんとも小さく頼《たよ》りなく見えて、矢涼もそっと席を立った。

「——おい？」

日輪座の館の厨は小さい。入り口からすぐに土間に下りる造りになっていて、矢涼は入り口の木枠《きわく》に手をかけて、少し背を屈《かが》めるようにして中を覗《のぞ》いてみる。長身の矢涼は、そうしないと枠《わく》にすぐ頭がぶつかってしまうのだ。

ごちゃごちゃと鍋《なべ》や釜《かま》の並んだせせこましい厨の竈《かまど》のすぐそば、薪《まき》を積み重ねて置いてある隙間《すきま》に、すっぽりと隠《かく》れるようにして朧がしゃがみこんでいた。

「どうかしたのか」

呼びかけてみても、竈の奥からは返事がない。しゃがみこみ、洗いざらして古びてはいるものの清潔な前掛《まえか》けで顔を覆《おお》い、小さく肩《かた》を震《ふる》わせている。泣いているのだ。誰《だれ》にも知られないように、隠れるようにしてひっそりと。

そういえば朧は人前で泣くのが苦手で、涙《なみだ》を見られるのが嫌《きら》いで、どんなときにでも強がってとことん意地を張る。

何が起ころうともどんと構える姿は周りを安心させるが、その実誰よりも心をすり減らして気を遣《つか》い、心配して、ひたすら無事を祈《いの》って待つ。

だがその我慢《がまん》が限界になると、途端《とたん》に気弱になって際限なく落ち込むのだ——矢涼の前でだけは。

「あ、矢涼。朧、どこに行ったか知らないか？　姿が見えないんだ」

座敷から廊下に出てきた白火が矢涼に声をかける。白火にとって、移籍のことを真っ先に打ち明けたかったのはやはり朧だ。座の問題で繊細《せんさい》な問題でもあるので実際には黙《だま》っているしかなかったが、それでも報告は一番にしたかった。

——遅《おそ》くなっちゃったけど、朧には、きちんともう一回言いたいから。怒《おこ》るかもしれないけど、朧なら、絶対にわかってくれるから。

そう思って朧を捜《さが》しに来た白火を、矢涼が手のひと振《ふ》りだけでそっと留《とど》める。

「…………？」

黙って矢涼が指先で指し示す方向を覗きこむと、蹲《うずくま》っている朧の姿が見える。

「朧——」

思わず白火が土間に下りて駆《か》け寄ろうとするのを、がっしりとした腕《うで》が摑《つか》んで止める。

「——俺が行く」

その一言で、白火も何かを察したらしい。

「うん……朧を、頼む。あとでまた来るから」

視線をしっかりと結び合わせてから軽く頷《うなず》いて、白火は静かに座敷に戻っていった。白火が抜けた以上、天輪が日輪座の正式な若太夫だ。心構えを教えたり、後援《こうえん》者に引き継《つ》ぎのお披露《ひろ》目《め》をしたり、まだまだ日輪座でやるべき仕事はたくさん残っている。

矢涼は土間に下り、わざと足音を立てて厨の中へ入っていった。小さな肩が気配を察して、びく、と震えたが、すぐにまたひくひくとしゃくり上げ始める。
朧の肩は小さくて丸くて、矢涼の手のひらに簡単に包み込んでやれる大きさだ。
――変わらないな。
矢涼にとっての朧は、本当に昔から変わらない。
一輪の、撫子《なでしこ》の花のような。
健気でたくましく、たおやかで優しい。
ふ、と優しく目を細め、矢涼は思い出す。
出会ったのは、矢涼がたぶん七つか八つのころ――朧と白火は、まだ五つだった。

初めての記憶《きおく》は、捨てられていたことだった。それより前のことは、あまりよく覚えていない。
正確に言うと、覚えてはいる。うっすらと覚えてはいるのだが、すべてに靄《もや》がかかったように重苦しくて、思い出そうとすると頭が痛くなって苦しい。心臓が強く脈打ったり呼吸が荒《あら》くなったりすることから、相当につらい目に遭《あ》ってきたのだろうと想像はつくが、はっきり思い出せない今となってはすべてが曖昧《あいまい》だし、矢涼にとってはどうでもいいことだった。

人より速く走る技も高く飛ぶ技術も身体がごく自然に覚えていたし、親らしき存在はなく、同じような年代の子供が集められて、日々鍛錬《たんれん》を積まされていたように思う。

つらかったから、脳が忘れることを選んだのだろうと、後々になって一陽に言われた。

そうなのかもしれない。

覚えているのは、ひどい渇《かわ》きと飢《う》え。そして寒さ。冬の昼間の山の中。

何もかもが精彩《せいさい》を失っているはずの極寒の中でも山の木々はくっきりと鮮《あざ》やかで、空は凍《こお》りつくほど白く青く冴《さ》え渡り、天空で鳥が飛び交《か》っている。彼らのように身を守る羽毛も翼《つばさ》もないから人間の身体は脆弱《ぜいじゃく》なものなのだなと、妙《みょう》に落ち着き払《はら》ってそんなことを考える。目が回って吐《は》き気《け》がひどかったが、もう吐くようなものは何もない。心と身体はどんどん切り離《はな》されていく。こうやって、終わりは訪れるのだろうか。

病を得て動けなくなって、いつのまにかひとりで土の上に転がっていて。

熱に浮《う》かされた身体は指一本動かすこともできなくて、ただただ冷たい地面の上に転がっていた。山の天気は変わりやすい。氷を砕《くだ》いたみたいな風花が散って、空気がきらきら光って、これも綺麗《きれい》だった。

――このままだったら、死ぬか。

この苦しさが消え失《う》せるのならそれもいいかと——ぼんやりとしていたときに。

ひょこっと矢涼の目の前に顔を出したのは、淡《あわ》い黄金色《こがねいろ》の髪《かみ》と目をした子供だった。

「人だ！　子供……？」

驚いたように、少し怯《おび》えたように覗きこんでくる。手負いの獣《けもの》などは、近づかれると敏捷《びんしょう》に跳《は》ね動いて嚙《か》みつくことがある。それをよく知っている、どこか怖々《こわごわ》としたしぐさだった。

夜の空に煌《きら》めく星を左右に嵌《は》め込んだような双眸《そうぼう》に、雪のように白い肌《はだ》。つぎはぎだらけの着物に丈《たけ》の足りない短い袴《はかま》を着て、この季節だというのに素足で、あちこち破れた草鞋《わらじ》を履《は》いていた。少女のようにも見えるが、背格好からしてみるとどうやら少年のようだ。

——女々しいやつ。

矢涼は荒い息を零《こぼ》してそう思う。手には、山から採ってきたのであろう、薬草の束を籠《かご》に入れて持っている。

「誰？　どうして、こんなところで寝《ね》てるんだ？　もうすぐ雪になるよ。あっちの山の奥から雲が来ているから」

よく通る声ではきはきとそこまで言った子供が、不意に不思議そうに首を傾《かし》げる。

「立てないのか？」

子供の目が、矢涼の身体をざっと確かめる。返事もしない様子に、おかしいと気づいたのだろう。

転がる矢涼の身体は、泥《どろ》だらけだった。着物など泥と水で汚《よご》れて冷たいし重いし、熱が一層上がって声はすでに出ない。喉《のど》に引っかかって聞き苦しい呼吸の音が耳障《ざわ》りだった。

──こんな子供に見つけられたところで、どうにもならないな。

運命とやらも気が利《き》かない。どうせこういう場面になるのなら、助けになりそうな大人なり、せめて物語に出てくる天狗《てんぐ》とやらでも冥途《めいど》の土産《みやげ》に見てみたかった、と思う。

そっと、子供が矢涼のそばに屈《かが》み込む。

「……熱が高い。──病、なのか」

手にしていた籠の中身を掴み出す。

むぎゅ。

「…………っ!?」

「これ、熱冷ましの薬草だから。嚙んで。味がなくなったら吐き出して。お代わり、手の上に乗せておくから。ちょっと待ってて！」

「…………」

やたらと苦くてなんとも言えない味の葉をぐいぐいと矢涼の口の中に押しこみ、少年は野を跳ね回る栗鼠《りす》か何かのように髪を跳ねさせて、あっというまに枯《か》れ野を走り去っていく。

――変な子供だ。

そう思いながら、最後の力を振《ふ》り絞《しぼ》って口の中の薬草を嚙み、出てくる液体を飲み下す。まあ、死出の旅立ちに、誰《だれ》かひとりでも傍《そば》にいてくれただけでも御《おん》の字だろう。あとは朽《く》ちていくだけだ。冬に死ぬと獣の血肉にはなれない。その代わり、雪に埋《う》もれて土に還《かえ》る。春になれば花が咲《さ》く。空が灰色の雲に覆《おお》われて、白いかけらが降り落ち始める。冷たい。

「父さま、こっち！　早く！」

「本当だ。どうしてこんなところに子供が……？　ともかく連れていこう。このままでは凍《こご》えてしまう」

大きな大人の手に抱《だ》き上げられたような気もするが、気のせいだと思うことにして、矢涼は引きずられるままに意識を闇《やみ》の底へと落としていった。

その荒い呼吸が、自分の喉から発せられているとは到底《とうてい》信じられなかった。

何もかもが引き剝《は》がされたような、薄《うす》い皮膜《ひまく》の彼方《かなた》で起こっている出来事のように思える。ただ、熱に痺《しび》れて動かない四肢《しし》は間違《まちが》いなく矢涼のものだった。

――感覚があるということは、俺はまだ死んでいないのか？

訊《たず》ねてみたくても、声はすべて聞きづらい咳《せき》と呼吸音にしかならないし目も開かない。傍に誰かいる気配だけはわかる。

「オレの声、聞こえる？　朧、この子、目を覚まさないね」

「流行病《はやり》ではないみたいよ。ね、太夫《たゆう》？」

「ああ。だが、ただの風邪《かぜ》ではなさそうだ。薬草が効《き》くといいが」

「オレ、また摘《つ》んでくる。あの辺りで人を見つけたのなんて初めてだ」

「そりゃそうよ。うちの里村のお山だもの。こんな季節には人の行き来も少ないのに、この子、どこから来たのかしら」

「容態が落ち着いたら聞けばいいさ。今はとりあえず手当が先だ」

少年の声、少女の声、大人の声。声はかろうじて聞こえるものの、ただの音の羅列《られつ》で、意味をなさない。頭が働いていないのだ。

濡《ぬ》れた着物を脱《ぬ》がせていた大きな手の動きが、ふと止まる。

「これ、は」

「父さま、この傷……」

少年らしく成長途中の身体《からだ》、日焼けした肌の肩《かた》や脇腹《わきばら》に走っているのはどう見ても普通《ふつう》の傷《きず》痕《あと》ではなかった。殴打《おうだ》の痕《あと》ですらないその傷痕は、刀傷だ。

「――白火、朧も。この子を見つけたことは、しばらく内緒《ないしょ》にしておきなさい。誰にもね。座の皆《みんな》にも俺からそう言っておくから」

「……はい」

凄惨《せいさん》な傷痕に何かを感じ取ったふたりが神妙《しんみょう》に頷《うなず》く。熱に浮かされた矢涼の呻《うめ》き声に、白火がすっと立ち上がり、走り去っていく。

「薬草、もっと摘んでくる。痛み止めの薬草も要《い》るだろう。朧、あとを頼《たの》む」

「わかったわ」

小さな柔《やわ》らかな手が矢涼の手を握《にぎ》り、囁《ささや》きかける。

「ねえ、聞こえる？　ここは安全よ。だから安心して休んで。どうせ春先までは雪よ。ここには誰も来ないわ」

――誰も、来ない。

高い声が、他《ほか》の声よりよく聞き取れた。意味もわかった。額にあてがわれた冷たい手巾《しゅきん》が心《こ》地《ち》よい。

――追っ手は、来ない。

誰も矢涼を連れ戻《もど》しに来ない。

すうっと心が軽くなる。もう戻らなくてもいい。ここは安全――安全。

矢涼は再び眠《ねむ》りに落ちる。

その頰《ほお》や髪に滲《にじ》む汗を、小さな手がそっと拭《ぬぐ》っていく。

あかぎれだらけの小さなその手を、矢涼は無意識のうちにきつく握り返す。

「大丈夫《だいじょうぶ》よ……大丈夫」

その声を、子守歌のようにして。


――どこだ、ここは。

熱はすっかり下がったようで、身体はすっきりしている。難を言えば少し頭ががんがんして痛かったが、むっくりと身を起こそうとすると、枕《まくら》もとから鋭《するど》く一喝《いっかつ》された。

「まだ寝てて！　あなた、三日三晩寝っぱなしだったのよ。お腹《なか》に何か入れなくちゃ。白火がまたあなたのために薬草を採りに行っているわ。もうじき戻ってくるだろうから、それまで待ってて。薬草を飲んだら食欲《しょくよく》も出るわ、きっと」

一気にまくしたてられて、矢涼はあんぐりと口を半開きにして枕もとを見やった。そこにはひとりの少女がちょこんと座っていて、小さな手で小さな針を一生懸命《いっしょうけんめい》動かしている。

年の割に大柄《おおがら》な矢涼からしてみれば、その少女はまるで飾《かざ》り人形のような小ささだった。

「お前は……？」

「人に名前を尋《たず》ねる前に、まず自分から名乗りなさい。最低限の礼儀《れいぎ》よ」

ひどくつんけんと喋《しゃべ》る少女で、見た目の可愛《かわい》らしさを裏切って全然可愛くない。おまけに、矢涼の顔を見もしない。目は、膝《ひざ》の上に広げた紺色《こんいろ》の布地に落とされたままだ。

むっつりと黙《だま》り込むと、少女が続けた。矢涼の気配を読んで、ちょっと言い方がきつかったと反省したらしい。

「あたしはね、朧っていうの。あなたを見つけてきたのが白火よ」

矢涼はもう答えない。頭が痛い。少女の高い声が頭に響《ひび》く。

「白火はね、薬草を見つけるのがうまいの。あたしはあんまりうまくないから、お留守番なの。大人たちも皆お仕事で忙《いそが》しいから、あたしがあなたの目が醒《さ》めるのを待ってたの。皆喜ぶわ」

朧と名乗った少女が針を置き、盥《たらい》に手巾をつけて絞る。まだ子供だというのに、その手はあかぎれだらけだった。ところどころひび割れて血が滲んでいるにしては、思い切りのいい絞りっぷりだ。こんな子供が、水仕事に慣れているのだろうか。

「意識がはっきりしたらもう大丈夫だって言っていたわ。良かったわね」

冷たく絞った手巾を額に乗せられると気持ちがいい。ずっとこうして看病されていたような記憶《きおく》がある。

一気に頭が冴《さ》えてくる。忍《しの》びとして育てられた五感が告げる。

異常。

矢涼はがばっと跳《は》ね起きた。

「おい、お前。何者だ。ここはどこだ。何故《なぜ》俺を助けた」

理由もないのに助けられる理由がわからない。見返りは何もない。矢涼は何も持っていない。礼として差し出せるようなものは何も。

異常、異常、異常。目の裏が赤く点滅《てんめつ》する。人の情けなど信じてはいない。情けをかけられたこともない。失敗したら死ぬだけ。そう教えられてきた。

一動作で起き上がった矢涼が獣《けもの》のような敏捷《びんしょう》さで朧の手首を摑《つか》むと、つぶらな瞳《ひとみ》がまん丸に見開かれた。ふっくらとした唇《くちびる》も柔らかそうな頰も、何もかもが怯《おび》えて震《ふる》えている。

――怖《こわ》い、のか…………？

それもそうだ。子供とはいえ自分より大きな見知らぬ人間とふたりきりなのだ。納得もしたが、少し憮然《ぶぜん》とする。そんなに怖いのなら、放っておけばいいではないか。

「……っ⁉」

不意に、朧が腕《うで》を伸《の》ばして矢涼を抱《だ》き締《し》めてきて、矢涼は突然《とつぜん》のことに咄嗟《とっさ》に身動きひとつ取れなくなってしまった。上背が違《ちが》うから、朧が矢涼の首にぶらさがるような形になって、それでも朧は懸命《けんめい》に矢涼にぬくもりを与《あた》えていた。

「大丈夫よ。もう大丈夫。怖くないわ」

眠っている間、ずっとそう言われていたような気がする。それを思い出して、物心つく前から叩《たた》き込まれてきた警戒心《けいかいしん》が不思議なほどあっさりと緩《ゆる》んでいく。ここは安全。安心して居ていい場所なのだろうか。

矢涼はずっと固まっていた。

こんなふうに抱き締められたことなどないから、どうしたらいいのかわからない。まるで毒でも飲まされたかのようだ。

「ただいま、朧！　薬草、採ってきた。あ。気がついたのか⁉」

見覚えのある、薄茶《うすちゃ》の髪《かみ》の子供がやってくる。腕に抱《かか》えるほどの薬草を持って、髪や肩に雪のかけらをちりばめたまま。

「ちょっと白火、雪だらけ！」

朧が途端《とたん》に眦《まなじり》を吊《つ》り上げる。

「ほら、早く濡れたもの脱いで、芹さんに着替《きが》え出してもらって！　風邪《かぜ》引いちゃうわ。あなたも、もう一度寝《ね》てちょうだい。また熱がぶり返すと大変だもの」

矢涼を見て、朧が言う。年齢《ねんれい》のわりに、ずいぶんとませた少女だと思った。いちいち世話を焼いて面倒《めんどう》を見る、こんな人間は矢涼の周りには今までいなかった。居心地《いごこち》が悪いようでいて、ひどく温かい。このぬくもりの名前を矢涼はまだ知らない。

名前を名乗っていなかったことを思い出して、重い口を開く。言葉を口にするのは慣れていない。必要なこと以外喋ってはいけないと教えられた。

けれど、これは何かとても重要なことのような気がして。

褥《しとね》に仰向《あおむ》けになり、告げる。名前。今まで呼ばれたことのなかった名前。思い出すのに少し時間がかかって、悲しいような寂《さび》しいような、変な気持ちだった。

「——矢涼だ」

「矢涼」

矢涼をまっすぐに見つめて。

白火を追い立てて行きながら、朧は振《ふ》り向いてにっこりと微笑《ほほえ》んだ。花が咲《さ》いたような、以前どこかで見かけた撫子《なでしこ》の花のような、屈託《くったく》のない笑顔だった。

「これからよろしくね、矢涼。あたしたちは芸人の一座なの。雪が溶《と》けたら旅回りよ。一陽太《た》夫《ゆう》は、きっと矢涼も連れていくわ」

ばたばたと騒々《そうぞう》しくて、狭《せま》くて、暖かくて。

表情がなく、目つきだけが異様に獰猛《どうもう》な少年は、巣で微睡《まどろ》む獣のようにゆっくりと目を閉じた。

あの微笑みを絶やしたくない、曇《くも》らせたくない。

あれから十年。

矢涼の望みを知ってか知らずか、朧は匂《にお》やかな乙女《おとめ》に育った。

自分のものに、自分だけのものにしたいなんて思ってはいない。それは望みすぎだ。ただ、あの微笑みをずっと守って、できることなら傍《そば》にいたいと。

そう思っていたのだけれど。

「――泣くな」

朧のすぐそばに片膝《かたひざ》をついてしゃがみ込むと、小さな呟《つぶや》きが聞こえた。

「矢涼……。白火が……、白火が、日輪座じゃなくなっちゃう～…………!」

こういうときの喋り方が、昔と全然変わっていない。小さく笑みを刻んで、矢涼はたまらずに手を伸ばした。

今度は、矢涼が朧に大丈夫だと告げてやる番だ。幼い矢涼を不思議なほど安心させた言葉だ。

あのときから、矢涼の居場所は日輪座《ここ》になった。

「大丈夫だ。朧。白火は何も変わりはしない」

「だって……だって、柚木座《ゆきざ》に行っちゃうんでしょ……ひっく」

「あれが、そうそう簡単に変わるものか。白火は白火のままだ。心配ない」

白火の頑固《がんこ》さは、朧たちが一番よく知っている。最近熟知するようになって、苦労しているのは蒼馬だろう。もっともあの青年は、そんな苦労なら喜んで引き受けるだろうけれど。

「……矢涼」

朧の手が伸ばされ、矢涼の首にしがみつく。甘い匂いに誘《さそ》われるように、矢涼も朧の身体《からだ》を抱き締めていた。熱い衝動《しょうどう》そのままに頰《ほお》を擦《こす》り合わせるようにしても、朧はいやがらない。涙《なみだ》に濡《ぬ》れた声でそっと訊《たず》ねてくる。

「矢涼も……いつか、いなくなっちゃうの……？」

白火のように、日輪座から。

矢涼は幼いころ突然現れたから、いついなくなってもおかしくない。

朧の怯えを一瞬《いっしゅん》にして読み取った矢涼は、苦く笑いながら首を振る。

「いなくならない」

「本当、に……？」

朧がようやく顔を上げる。涙で目は赤くて、鼻先も赤くなっている。それがとても可愛《かわい》らしかった。一気に出会ったばかりのころに戻ったかのようだ。

「――離《はな》れるときは」

もう一度抱き締めようとして、ふと気が変わった。朧の片手を取る。

毎年毎年、春から夏の間に朧のあかぎれは一度治る。それでもまた水が冷たくなる秋口からあかぎれてひび割れていく。幼いころの矢涼を一生懸命《いっしょうけんめい》看病してくれた、初恋《はつこい》の少女の手だ。

小さな手で、暖かな羽織を縫《ぬ》ってくれた。

その手に、矢涼はそっと唇を寄せた。熱い呼気とともに告げる。

「お前も一緒《いっしょ》に連れて行く」


「そろそろ、帰る」

そう言ったとき、わずかに白火は寂しそうな顔をした。見送る側も寂しいが、巣立ちは旅立つ側も寂しい。けれどそれを乗り越《こ》えたところに、必ず何かが見つかるとわかっているから、白火は歩むことを止《や》めない。

「それじゃあ、皆《みんな》。また」

「ええ。またね白火」

泣き止んだ朧も矢涼の隣《となり》に立ち、白火を見送る。いつものような笑顔を浮かべるには、まだ少しかかるだろう。朧の本質は寂《さみ》しがりだ。ぽっかりと空いてしまったその穴を、矢涼は必ず埋《う》めてみせると己《おのれ》に誓《ちか》っている。

口にするのは別れの言葉ではなく、再会を約束する言葉。

「ああ、また！」

何度も振り返って大きく手を振りながら、白火が柚木座へと帰っていく。その辻《つじ》の向こう、ちょうど曲がり道に差しかかるところでひとりの青年が白火を待っているのを、矢涼が見つけて目をかすかに細める。白火には蒼馬がいる。だから大丈夫《だいじょうぶ》だ。矢涼にとって白火は命の恩人だけれども、朧と同じ存在ではない。矢涼にとっての朧がきっと、白火にとっての蒼馬であり、蒼馬にとっての白火だ。

たったひとり、運命としか思えない巡《めぐ》り会いによって引き合わされ、気づく間もなく惹《ひ》かれていた愛しい存在《もの》。そんな相手にはきっと一生にひとりにしか出会えない。見つけることのできた自分は果報者だと、矢涼は運命に感謝する。

ちなみに、矢涼が白火を男だと思い込んでいて、朧にそっと事実を打ち明けられたのは、後日の話だ。

あとがき

『花華男性陣《はなはなじん》からメールが来たら。白火の一言コメント付き』
蒼馬の場合――メールはまどろっこしいのでいきなり電話。「お前の声も聞きたいからな」
白火「メールひとつでも殺し文句つきが蒼馬さまクオリティです」
帯刀の場合――メールを打ち込んだ携帯電話《けいたいでんわ》ごと漆《うるし》の箱に入れてカイがお届け。
白火「メールの意味ないです！　もう伝言でいいんじゃないですか⁉」
朱鬼の場合――「メールだあ？　けっ、そんなん知らんわ。用があったら天に文つけて飛ばすか、俺が直接行ったるで」
白火「鷹《たか》の天、元気にしてますか？」
氷見の場合――文面が最初から最後まで謎《なぞ》かけ。着信音指定つきで送信。デコ&絵文字てんこ盛り。時々自分撮《ど》りした動画も添付《てんぷ》。
白火「本題を読み解くのに凄《すさ》まじい時間と気力が必要です」
カイの場合――中身が暗号。
白火「…まだ、氷見の帝《みかど》のほうがましだったなあ（遠い目）」

唐突《とうとつ》におまけ企画《きかく》で始めてみましたが、こうしてみると、まともなメールを送ってくるキャラがいないですね…矢涼は携帯は受信専門な気がしますし。男性キャラの年上・年下組は割愛《かつあい》してますが、有望株は誰《だれ》でしょう。イラスト初登場の有楽太夫とかでしょうか。

サカノ景子先生、今回も素晴《すば》らしいイラストの数々を本当にありがとうございます！　個人的に、ちび白火の垂れそうなほっぺたが嬉《うれ》しいです。白玉団子みたい…。

「花は桜よりも華のごとく①」コミックがあすかコミックスDXさまよりめでたく発売ということで（2012年3月1日現在）、おめでとうございます&ありがとうございます！　拝見したコミックスの表紙に早くも骨抜《ほねぬ》きにされております。皆《みな》さまも、もしよろしければ、ぜひお手に取ってみてくださいね。展開がコミックならではという感じで、オリジナルキャラの右舷《うげん》もとてもお気に入りなのです。

編集ももんがさま。今回も大変お世話になり…お世話になり…（遠ざかりつつ、フェイドアウト）。ありがとうございました。今後とも、どうぞよろしくお願い致《いた》します。

華《はな》やかな天覧能の表と裏をメインに持ってきてみました六幕め、いかがでしたでしょうか。皆さまに、少しでもお楽しみいただければ幸いです。

七幕めでまたお会いできますことを祈《いの》りつつ。

河合　ゆうみ

本作は能を題材にしたフィクションです。内容には一部、
著者の創作が含まれておりますことをご了承ください。

「花は桜よりも華のごとく　第六幕・桜花嵐漫」の感想をお寄せください。
おたよりのあて先
〒102-8078　東京都千代田区富士見2-13-3
角川書店ビーンズ文庫編集部気付
「河合ゆうみ」先生・「サカノ景子」先生
また、編集部へのご意見ご希望は、同じ住所で「ビーンズ文庫編集部」
までお寄せください。

花《はな》は桜《さくら》よりも華《はな》のごとく
第六幕《だいろくまく》・桜花嵐漫《おうからんまん》
河合《かわい》ゆうみ

角川ビーンズ文庫　BB75-6　17299

平成24年3月1日　初版発行

発行者———井上伸一郎
発行所———株式会社角川書店
東京都千代田区富士見2-13-3
電話/編集(03)3238-8506
〒102-8078
発売元———株式会社角川グループパブリッシング
東京都千代田区富士見2-13-3
電話/営業(03)3238-8521
〒102-8177
http://www.kadokawa.co.jp
印刷所———旭印刷　製本所———BBC
装幀者———micro fish

ISBN978-4-04-100187-5 C0193 定価はカバーに明記してあります。

花《はな》は桜《さくら》より華《はな》のごとく
①
サカノ景子
原作✿河合ゆうみ
コミカライズも絶《ぜっ》好《こう》調《ちょう》！
原作者・河合先生による書きおろし短編小説も掲載！
時は戦国の世の狭間。京の都に突然現れたのは、美しい能の舞い人・白火。彼の噂は京随一の看板役者・蒼馬の耳にも入り、移籍の話を持ちかけられる。しかしとある秘密から、白火はそれを手ひどくはねのけ――。コミックオリジナルキャラの美形絵師・右紘が加わりより鮮やかに描かれる、能楽恋絵巻第一巻！
好評発売中!!

第11回

角川ビーンズ小説大賞

原稿大募集！

大賞 正賞のトロフィーならびに副賞300万円と応募原稿出版時の印税

角川ビーンズ文庫では、ヤングアダルト小説の新しい書き手を募集いたします。

ビーンズ文庫の作家として、また、次世代のヤングアダルト小説界を担う人材として世に送り出すために、「角川ビーンズ小説大賞」を設置します。


【募集作品】

エンターテインメント性の強い、ファンタジックなストーリー。ただし、未発表のものに限ります。受賞作はビーンズ文庫で刊行いたします。


【応募資格】

年齢・プロアマ不問。


【原稿枚数】

400字詰め原稿用紙換算で、150枚以上300枚以内

【応募締切】2012年3月31日(当日消印有効)

【発　　表】2012年12月発表(予定)

【審査員】(敬称略、順不同)
金原瑞人　宮城とおこ　結城光流

【応募の際の注意事項】

規定違反の作品は審査の対象となりません。

■原稿のはじめに表紙を付けて、以下の3項目を記入してください。
　① 作品タイトル(フリガナ)
　② ペンネーム(フリガナ)
　③ 原稿枚数(ワープロ原稿の場合は400字詰め原稿用紙換算による枚数も必ず併記)

■2枚目に以下の7項目を記入してください。
　① 作品タイトル(フリガナ)
　② ペンネーム(フリガナ)
　③ 氏名(フリガナ)
　④ 郵便番号、住所(フリガナ)
　⑤ 電話番号、メールアドレス
　⑥ 年齢
　⑦ 略歴(文学賞応募歴含む)

■1200字程度(原稿用紙3枚)のあらすじを添付してください。

■原稿には必ず通し番号を入れ、右上をバインダークリップでとじること。原稿が厚くなる場合は、2〜3冊に分冊してもかまいません。その場合、必ず1つの封筒に入れてください。ひもやホチキスでとじるのは不可です。(台紙付きの400字詰め原稿用紙使用の場合は、原稿を1枚ずつ切り離してからとじてください)

■ワープロ原稿が望ましい。ワープロ原稿の場合は必ずフロッピーディスクまたはCD-R(ワープロ専用機の場合はファイル形式をテキストに限定。パソコンの場合はファイル形式をテキスト、MS Word、一太郎に限定)を添付し、そのラベルにタイトルとペンネームを明記すること。プリントアウトは必ずA4判の用紙で1ページにつき40字×30行の書式で印刷すること。ただし、400字詰め原稿用紙にワープロ印刷は不可。感熱紙は字が読めなくなるので使用しないこと。

■手書き原稿の場合は、A4判の400字詰め原稿用紙を使用。鉛筆書きは不可です。(原稿は1枚1枚切りはなしてください)

・同じ作品による他の文学賞への二重応募は認められません。

・入選作の出版権、映像化権を含む二次的利用権(著作権法第27条及び第28条の権利を含む)は角川書店に帰属します。

・応募原稿及びフロッピーディスクまたはCD-Rは返却いたしません。必要な方はコピーを取ってからご応募ください。

・ご提供いただきました個人情報は、選考および結果通知のために利用いたします。

・第三者の権利を侵害した作品(既存の作品を模倣する等)は無効となり、その場合の権利侵害に関わる問題はすべて応募者の責任となります。

【原稿の送り先】〒102-8078 東京都千代田区富士見1-8-19
(株)角川書店ビーンズ文庫編集部「第11回角川ビーンズ小説大賞」係
※なお、電話によるお問い合わせは受け付けできませんのでご遠慮ください。